남편이 천사의 말을 한다

(My Husband Speaks the Language of Angels)

남편이
천사의
말을 한다

허금행 지음

My Husband Speaks the Language of Angels

어느 은퇴한 분이 뉴욕타임즈에 기고한 글인데, 기억나는 대로 옮겨 본다. 뉴욕의 바닷가에 위치한 작은 카페에는 매일 아침 은퇴한 사람들이 모여 아침 식사와 커피를 마시며 이런저런 이야기를 한다. 대부분 그 카페에서 만나 어울리게 된 사람들이다. 그들의 대화는 때로는 경제, 스포츠 이야기. 이제는 의사들과 건강이 주제다.

그들은 옛날에는 자신이 어떠어떠했다는 이야기도 그럴듯하게 서슴없이 이야기하지만, 그것을 진실로 믿는 사람들은 거의 없다. 그러나 모두들 고개를 끄덕인다. 젊어서 하고 싶었으나 이루지 못한 것을 자신이 정말로 해낸 듯이 허풍을 떠는 것이, 나이가 들면 그대로 받아들이고 서로 등을 두드려줄 만큼 마음의 여유가 생겼기 때문이다. 누구 하나 큰소리를 내거나 말도 안 되는 소리를 떠들어대는 영감이라는 표정을 하는 사람조차 없다.

나도 이 글을 쓴 사람과 공감한다. 이제 크게 할 일도 없고 특별히 이룰 수 있는 것도 없으므로 지난날을 생각하는 일로 머릿속이 가득하다. 구겨진 스스로를 생각하면 아무리 다림질해도 다시는 새것처럼 펴지지 않는 지나간 시간들이다.

내가 산속으로 이사하자, 우리 네 아이들의 성화에 못 이겨 시작한 페북. 산에는 코요테니 여우가 살고 있어 내가 잘 있다는 보고서를 아이들에게 전달해서 안심시키는 방법이었다.

인연으로 맺어진 천 명의 페친들과 글과 사진을 올리고 댓글을 쓰면서, 이상하게도 나는 그 사람들이 아주 가깝게 느껴져서 오랫동안 소식이 없으면 궁금하다.

나는 페북을 좋아한다. 혼자 보기 아까운 댓글들이 줄지어 올라오기 때문이기도 하다. 쫄깃한 우스개가 넘쳐나기도 한다. 포스팅보다 댓글을 더 정성스레 쓰는데, 이렇게 만나서 서로 주고받는 이야기로 구수한 정이 들어가고 있다. 우연이 인연이 되었고 두런두런거리며 함께 살아가니 얼마나 좋은가.

뜻하지 않게 서울에 사시는 작은아버님부터 온가족의 사랑방이 되었으며, 몇 십 년 만에 문예반 제자였던 남학생을 페북을 통해 찾으니 의젓한 교수님이다. 젊어서의 테니스 친구, 앞뒷집 살던 후배… 반갑고 고맙고 즐거운 일이다. 그래서 푸근한 사랑방 만들기를 기대해 본다.

농사 이야기, 문학 미술에 대한 값진 글들, 살아가는 정겨운 수다, 좋은 사진과 작품들… 모두 고마울 뿐이다.

그동안 페북에 썼던 글들을 모아서 책으로 엮으며, 뉴욕타임즈에 기고한 은퇴한 분의 말처럼, 내 허풍스럽기도 하고 모난 글들도 고개 끄덕이며 모른 척 등을 두드려주기를 부탁드린다.

2018년 12월
허금행

목 차

제1부 기억과 추억의 차이

12월에 쓰는 일기

밤새 싸락눈이 내렸다. 창문을 열자 눈송이들의 소근댐이 겨울 바람에 실려온다. 나는 털모자 달린 점퍼를 입고, 손에는 빗자루를 들고 현관 밖으로 나가서 눈을 쓸기 시작한다. 빗자루로 오른쪽에서 왼쪽으로, 왼쪽에서 오른쪽으로 눈을 쓸어내면 거기 부채꼴 무늬가 생기며 붉은 벽돌길이 아름답게 얹힌다. 북아현동 762번지. 내가 살던 집은 눈 오는 날 아버지가 싸리 빗자루로 그렇게 눈을 쓸곤 하셨다. 초록이 넘쳐나고 새초롬한 댑싸리가 가을 단풍을 보이고 잎이 지면 밑동을 잘랐다. 그리고 거꾸로 매달아 말리면 아버지와 삼촌들이 댑싸리를 엮어 빗자루를 만들어 비스듬히 세워놓곤 했다. 그 추억의 싸리 빗자루가 지금은 없지만, 옛날을 생각하며 눈을 쓰는 아침은 상쾌하고 슬프기도 하다.

북아현동 그 골목길은 약수터로 올라가는 중턱에 있어서 아침이면 사람들의 왕래가 잦고 심심한 우리 개가 컹컹 짖어댔다. 그리고 십이월이 되면 건넛집 최 박사님 댁에는 서양에서나 봄직한 굵은 성탄장식 등불을 소나무에 걸어 불을 밝혔으므로 겨울은 언제나 포근하게 시작된다는 생각을 했다. 밤이 가장 긴 십이월, 그러나 가끔 담 너머에서 들리는 "만두 사세요." 하는 소리도 즐겁고, 성탄절 새벽종소리, 어머니가 분홍 털실로 내 모자를 뜨시는 모습도 정겹고…. 나는 십이월을 가장 좋아하게 되었다. 그리고 12월에 결혼날짜를 정하기까지 한 것이다.

이제 또다시 12월이다. 나는 1년 내내 조용한 편이지만, 무슨 일인지 12월만 되면 기운이 나고 사는 게 재미있다. 오늘은 가면무도회가 있는 날이다. 밖에는 눈이 조용히 내리며 나뭇가지 위에 가벼이 앉아 키를 키운다. 우리는 코트와 머리 위에 얹힌 눈송이를 털면서 무도회가 열리고 있는 곳으로 들어선다. 실내는 따스하다. 물론 서로 다른 모양의 가면을 쓰고 들어와서, 아름다운 웃음으로 인사를 하고 잔을 부딪치는 소리가 점점 경쾌하고 드높아지고 있다. 나는 노랑나비가 날개를 펴고 있는 그림을 그린 가면을 쓰고 있다. 웃음소리, 가슴 벅찬 이야기들이 오갈 때쯤 탱고 음악이 시작되고 점점 음악의 템포가 빨라질 즈음이면 가면무도회가 무르익어 가는 것이다. 사람들은 가면을 벗기 시작한다. 나는 이때가 가장 좋다. 가면을 벗으면서 마음속의 가면도 벗어버릴 수 있어야 한다.

음악에 맞추어 너나 할 것 없이 춤을 춘다. 흔들어라 흔들어라 흔들어라…. 한 해 동안 가슴속에 있던 미움, 슬픔, 절망, 고통과 오해… 털어내야 할 것들을 털어내는 것이 오늘의 춤사위이다. 밖에는 점점 눈송이가 굵어지고 있다. 나는 한 해 동안 쌓인 많은 것들을 털어내야 한다. 떨어져 발밑에 구르는 것들이 빛이 되기를 바란다.

무도회가 끝날 무렵, 우리는 행복하리라. 이제 떠날 시간이 되어 나는 그대들에게 화해의 손을 내밀 것이다. 나의 글에서, 나의 말에서 어떤 언짢은 앙금이 그대들에게 있었다면 나의 손을 맞잡아 화해하게 되기를 소망한다. 그래서 12월이 끝나 새해를 맞이할 때는 새로운 날개를 펴고 하늘을 나는 기쁨만이 그대들과 나에게 가득하기를….

이렇게 한 해가 간다. 우리는 맨해튼 타임스퀘어에 나가서 출렁이는 인파에 섞여 제야의 종소리, 화려한 불꽃을 보고 있다. 거꾸로 세어나가는 숫자로 떠나는 한 해여, 살아있음에 감사하는 오늘이여! 나의 귀에 속삭여주는 젖은 목소리, 거기에 또 하나의 즐거움이 나를 부른다.

젖은 목소리

언제였나 첫눈 내리던 오후
털실가게에서 회색털실과 뜨개바늘을 샀다네
그의 목도리를 뜨던 12월은 아름다웠지
세월이 지나도 겨울이면 아이들 스웨터를 뜨고
벙어리장갑도 만들었다네
어느 날 강아지가 털실뭉치를 헝클어버리고
나는 뜨개질을 멈추었지

이 겨울, 매서운 바람이 불고 첫눈이 내려

뒷산 숲이 혼자서 눈물겨워 보이네…

눈 내리는 거리를 내려가 털실가게 앞을 서성이는 것은

거기 남겨진 따스한 기억을 기웃거리며

절름발이로 걸어온 시간들을 추스르고 싶어서였네

회색털실을 사들고 나오면서

이제는 나를 위한 털목도리 하나 짜야겠다고,

차가운 얼굴 위로 흩어지는 눈발처럼 흔들리는

젖은 목소리…

겨울의 회색빛 저녁이 내리네

꿈꾸는 새벽은 황금빛이다

　꿈꾸는 새벽은 황금빛이다. 아침이 오기 전 우리는 꺼져가는 불씨를 타오르게 하는 뜨거운 언어를 찾아야 한다. 새벽은 어두움한 덩이이던 밤으로부터 하나하나의 모습을 드러내는 아침으로의 황홀한 건널목이다. 나는 새벽마다 강아지를 데리고 산에 오른다. 축축한 길은 언제나 몸을 낮추고 겸손하게 지나가는 사람들을 반기고, 산 위에는 신선한 바람이 새로운 목소리를 준비하고 있다. 이 찬란한 시간에 멀리 보이는 고속도로를 달려가고 있는 부지런한 사람들의 새벽이 출렁이고, 나는 그들에게 경건한 목례를 보낸다. 지금 깨어 있는 사람들로 하여 아침은 매일매일 새롭고도 활기차게 열리는 것이다. 생선시장에서 목청을 돋우고 흥정하는 아름다움이여! 사과상자 위를 나는 비둘기의 날갯짓과 눈 내리는 오번가에 쌓이는 꽃향기가 눈물겹다. 할머니라는 단어처럼 누나라는 다정함처럼 십이월 새벽이 그리움을 낳는다.

바람은 꺼져가는 불씨를 일구어 불꽃을 만들기도 하지만, 타고 있는 불꽃을 단숨에 꺼버리기도 한다. 이 지상에서 오늘 꺼져가는 희망에 찬란한 바람으로 달려가서 다시 타오르게 하기 위하여 나는 무엇이 되어야 하는가? 한 해가 또다시 지나간다고 서성이는 발걸음을 어디에 멈추고서 손을 내밀어야 하는가?

나의 어머니는 플러싱 조그만 아파트에서 이 새벽에도 만두를 빚고 계실 것이다. 몸에 좋지 않다는 기름은 고깃덩어리에서 다 떼어내고 싱싱한 야채를 준비하는 부업의 소리는 조용한 음악이다. 반달 같은 만두가 한석봉 모친의 떡처럼 아름답게 놓여 있는 은쟁반의 식탁은 한 폭의 정물화이다.

이 만두는 비닐봉지에 오십 개씩 넣어서 팔린다. 나는 '그렇게 힘든 만두를 왜 해서 파시느냐'고 좋아하지는 않았지만, 젊어서부터 가만히 계시지 않는 성격이려니 하고 못마땅한 표정을 숨기곤 했다. 머리카락이 날린다고 머리 수건을 쓰신 만두장수 우리어머니가 만두를 파신 돈으로 무엇을 하는지 알 때까지 나는 아는 사람들에게 "만두 좀 사세요." 하는 이야기를 해본 적이 없다.

어느 날 어머니는 앞을 보지 못하는 사람들을 위한 기금으로 매달 헌금을 하고 계시는 것을 알게 되었는데, "이 세상에 불쌍한 사람들이 많지만 그 답답함을 생각만 해도 가슴이 아프다."고 늘 말씀하시던 뜻이 거기에 있었음을 깨닫게 되었다. "청결제일 영양 제일 할머니 손만두!"

진정한 아름다움은 숨어 있는 것인지도 모르겠다. 내가 이러한 일을 했으니 신문에 크게 나야 한다고 목소리를 높이고 헌금의

액수에 따라 그 믿음의 도표가 작성되며 보석의 크기로 사랑의 부피가 측정되는 오늘, 새벽빛은 얼마나 정직하고 믿음직스러운 가. 아무도 모르게 아침을 준비하는 손길이 진정 따스하다. 신문 던지는 소리가 현관 밖에서 두껍게 울리고 배달되는 우유병 부딪치는 소리가 싱싱하다. 창문을 활짝 연다.

나의 앞뜰의 자작나무에는 오 헨리의 『마지막 잎새』 하나가 찾아와 있어, 이 아침이 나에게도 희망이다. 꺼져가는 불꽃이여, 이제 우리 손을 잡고 빛나는 바람 앞에 다시 서서 새해를 맞이해야 한다. 새날의 찬송은 언제나 그늘진 어제를 추억이게 한다. 살아 있음은 아름다움이어야 하며 하늘까지도 뜨겁게 하는 열기로 차올라야 한다. 우리가 해야 하는 일은 숨어 있는 아름다움을 찾아 맑은 물을 주어 싱싱하게 하는 일이다. 나 스스로까지도 싱싱해져야 한다.

출렁이는 아침은 이제 신생아의 경쾌한 울음소리처럼 시작되었다. 패들러에 실린 과일들이 꽃이었던 과수원의 아침을 어루만지듯 가지런히 놓여 있고, 맨해튼의 길모퉁이마다 다발진 장미가 그대들의 발걸음에 왈츠로 얹힌다. 어두움을 털어내고 빛 가운데에 설 수 있다는 것은 신의 축복이다. 오늘은 우리 모두에게 빛나는 바람이어라.

행복으로 오르는 돌층계

달라이 라마는 삶의 핵심은 행복하게 사는 것이라고 말한다. 때로는 우렁찬 목소리와 통쾌한 웃음으로, 때로는 깊이 근심이 담긴 채로 "당신은 행복한가?"라고 묻고 그 행복에 닿는 여러 가지 이야기를 하고 있다. 나는 생각한다. 불행을 마주할 때, 그 실체를 파악하여 검은 그림자까지도 지울 수 있는 노력이 행복을 가능하게 하는 것인가. 고통을 대담하게 대면하고 그것을 부숴내어 행복으로 이끄는 힘은 어디에서부터 시작하는 것인가.

지금 사는 집으로 이사 와서 처음 발견한 것은 수많은 바위와 돌멩이였다. 땅을 파면 튼실한 남자의 가슴팍만한 넙적한 돌들이 탁 가로막고 버티고 앉아 있어서 곡괭이로 돌려 파며 꺼내야만 정원과 야채밭을 만들 수 있었다. 그렇게 어렵게 꺼낸 돌멩이들은 요긴하게 쓰여져서 평퍼짐한 것들은 돌층계 만드는 곳으로 옮겨지고 제법 수석처럼 괜찮은 물건은 정원석으로 알맞게 놓여졌다. 이미 집 지을 땅을 고르면서 트랙터로 밀어내 소나무밭 근처로 쌓아둔 덩치 큰 바위들은 사철나무와 어울려 장관을 이루었다. 이렇게 자연석을 드문드문 놓아 만든 층계를 올라가면 그 끄트머리에서 오솔길이 시작되었다. 사슴이건 사람이건 지나가면 풀들이 눕는다. 조용히 머물던 순간들이 어떠한 출렁임으로 넘어지며 길이 생긴다. 몇 번 같은 길을 걸으면 거기에 편안한 오솔길이 생긴다.

나는 이 돌층계를 끝까지 오르면 거기에 행복이 있을 것이라는 막연한 생각을 하고 있었다. 스스로 만든 덫에 걸린 나를 탈출시켜야 한다. 거기서 나의 첫 계단을 밟고 올라서는 것이다. 돌 사이를 비집고 살아나오는 들풀의 푸르름으로 나는 달라이 라마가 말하는 "우리가 가진 인간애, 따뜻함, 우정, 사랑의 능력이 풍부한 것에서 행복을 찾는다."고 말하는 음성을 듣는다.

또 하나의 층계를 오르면 작은 개미들의 행렬을 만날 수 있다. 그가 말하는 "자비심의 의미 속에는 자기자신을 이롭게 한다는 뜻도 함께 존재한다."는 것. 상상하기조차 어려운 수많은 잔혹한 행위가 난무하는 거리에 이 작은 개미군의 움직임에서 그 자비심의 무한함이 내 마음속에 파장으로 와 닿는 것을 느낀다.

층계를 하나하나 오르며 그의 거역하기 힘든 언어들의 호소력을 받아들인다. 너와 나의 사이에 쌓였던 그 무엇인가 끈적거리고 느끼한 감정을 어느 날 아침 말끔히 닦아낼 수 있는 듯한 느낌이 시작된다. 낭만적인 사랑은 긍정적인 것이라고 할 수는 없다는 이야기에 의문을 던지다가 길게 머물 수 있는 행복이라는 데까지 연결되어야 한다는 또 하나의 배움을 얻는다. 자비심을 가지고 사람들에게 접근하기를….

나는 또다시 생각한다. 혼자 층계를 오르는 것보다 여럿이 앞서
거니 뒤서거니 하며 서로를 도닥거려주는 것이 깊이 뿌리내린 행
복을 만나기에 더 좋은, 오래 가고 흔들림이 없는 것이라고…. 짧
은 순간의 눈맞춤, 평화롭고 고요한 마음은 사랑과 자비심에 뿌리
를 두고 있다는 것을….

층계의 중간쯤에 앉아 내가 지금껏 올라온 저 아래의 숲에서
수많은 싱그러운 대화들이 나를 바라보고 있는 것에 손을 내밀며
잠시 내가 쓴 시 하나를 조용히 외워본다.

탈출을 꿈꾸며

거울 면에서 멀어질수록
멀어져 가는 또 하나의 나는
오늘을 탈출하고 싶은 진정한 나이다
겨울비가
숲속에서 떠도는 어제
숨어 버린 벌판의 바람과 그림자를 위하여
차갑게 흔들릴 때 나는 없어지고 싶어한다
시간에서 멀리 잡을 수 없는 공간으로
내부에서 밖으로 나와 무너지고
부서져 아무것도 아닐 때까지
스스로 부딪쳐 산산조각 흩어지는 나는
그대로 갇혀 있는 저 안의 흔적을

탈출시킨다

밤 깊은 저 너머로

나는 지금 행복으로 첫걸음을 내딛는 탈출을 꿈꾸어 본다.

노란 풀꽃의 노래

모종 낼 씨앗을 꺼내 놓고 가만히 바라보니 '침묵'이라는 단어가 생각난다. 이 세상의 모든 살아있는 것들이 시작하기 전의 침묵은 얼마나 값진가. 고즈넉하고 경이로움이 침묵하고 있구나.

달맞이 꽃씨를 꺼낸다.

달빛에 피고, 달님을 보낼 때 스스로를 접는 꽃이여, 나는 너의 조용한 모습을 닮으려 바라본다. 아… 꽃술에 안겨 잠들어 있는 분홍 나방이 한 마리. 나도 너처럼 함초롬하고 싶구나.

봄에게 보내는 연서 하나 쓴다.

구부러진 길을 돌자
언덕 위에 노란 풀꽃 가득 피어 있었습니다
눈길을 뗄 수 없었습니다

육십 마일로 달리던 나의 차車는

차선을 넘어 균형을 잃고 난간을 받고 섰습니다

바람결에 꽃들이 출렁이고

들꽃 위에서 잠들던 아이가 여기에 와 있었습니다

코피가 고운 치마폭에 붉게 붉게 떨어질 때

목화밭의 하얀 바구니가 흔들리고 있었습니다

견인트럭이 연기 나는 차를 끌고 도시都市로 가고

나는 오던 길을 되돌아 걸었습니다

염소 우는 소리, 개 짖는 소리

닭소리도 있었습니다

비바람이 지나간 뜰에 돌아왔을 때

뒷마당에는 연분홍 복사꽃이 가득 떨어져 있었습니다

실뱀 몇 마리 기어나오고 있었습니다

휘어져 부드러운 곡선의 길이 되어 오라…

　뉴욕의 시내버스는 아름다운 골든 레트리버 같아서 다정하고도 온화하고 푸근하다. 윤기 흐르는 크림빛 개가 나를 반기며 다가오듯 아주 천천히 버스가 정류장에 멎었다. 버스에 올라 빈 좌석에 앉았다. 몸집이 커서 뒤뚱대는 아주머니 같아서 타고 앉으면 편안하고, 이런저런 생각을 하며 밖의 풍경을 구경할 수 있어서 이른 오후의 나들이로 안성맞춤이다.

　유리창과 천정 사이를 직사각형으로 만들어 액자에 끼운 듯 광고들이 나란히 달려 있다. 요즘 광고는 참 뜻이 잘 짜여 스며 있고 예술적이기까지 하다. 직사각형 안에서 어느 남자가 라디오를 크게 틀어놓고, 남은 아랑곳하지 않고 기분을 내며 몸을 흔드는 순간이 찍혀 있고, 그 옆 좌석에서 신문을 읽고 있던 두 남녀가 둥그런 안경너머로 큰 눈을 치켜뜨고 어이없어하는 표정을 하고 있사진이 나란히 얹혀 있다. 그 아래는 "당신에게 즐거운 음악이 다른 사람에게는 소음이 될 수 있습니다. 이어폰을 끼고 음악을 즐기세요."라고 쓰여 있다.

나는 한인 타운에서 버스를 내려 신문광고를 멋지게 낸 식당을 찾아 들어갔다. 오늘처럼 비가 내리는 날에는 해장국이 어울려. 식당은 한적하고 깨끗해서 느긋하게 점심을 시켜놓고 우산을 들고 지나가는 사람들을 내다보고 있으려는데, 주인인 듯한 여자가 안에서 나타나자, 서로 웃고 떠들고, 멀리서 크게 이름을 부르고, 여간 시끄러운 게 아니었다. 생선초밥을 만드는 사람과 그 앞의 높은 의자에 앉아 있는 사람이 농을 하자, 주인은 멀리서 그 농을 받아 던지니 호젓이 즐기려던 오후의 여유도 간데없고 몹시 불편해졌다. 누군가 "그 인간 왜 그렇게 뻣뻣해?" 하며 남의 이야기를 키득키득대며 읊어 내렸다. 아마도 그 사람은 친구에게 비밀이라며 귓속말로 고민을 털어놓았을 것이라고 추측된다. 오늘 본 그 사람들에게서도 뻣뻣한 목줄기로부터 돈 냄새를 땀 냄새처럼 풍기고 있었고, 그 웃음소리조차도 끈끈하여, 나는 갑자기 고향 길의 달맞이꽃이 그리워지는 것이었다. 집으로 축 처져서 돌아오자 해장국이 급기야는 얹혀서 활명수 한 병 마시고, 비누거품처럼 떠다니는 낮잠에 빠져들었다. 뻣뻣하면 부러뜨려야지. 누군가의 대답이 어렴풋이 들렸다. 부러뜨리지 말고 휘어져 부드러운 곡선의 길이 되기를.

꿈속도 뉴욕의 버스처럼 편안하다. 해가 저물어 일어난 나는 책상에 앉아 하루를 생각한다. 그리고 서랍 깊은 곳에서 일기 한 권을 꺼낸다. 지나간 일기를 읽는 일은 나를 차분하게 한다. 숨겨진 한 부분을 돌아보며 잃었던 순간들을 되찾아 하나씩 하나씩 손질하여 현재의 내 생활에 풋풋함을 보태주는 일이기도 하다. 어느 날의 일기. 그대를 휘어지게 하기 위하여 꽈릿빛으로 뜨겁게 달구어질 때까지 기다려야 한다. 시커먼 쇠기둥 하나 빛을 헐고 쏟아지는 핏물이 앙금으로 내려앉고, 그림자질 때 그 건너로 솟아나는 새로운 빛줄기에 앓는 가슴을 헐어내야 한다. 중심으로부터 멀어질수록 심하게 흔들리는 바람 속으로 숨어 버리는 그대, 뻘건 울부짖음으로 오라. 휘어지기 위하여 그렇게 오라.

부드러움이여. 휘어져 만들어내는 곡선의 부드러움이여. 그 휘어진 길 위로 걸어가리라. 조용히 그리고 아주 천천히 지나가는 푸른 나무들의 그림자를 기억하며….

배꼽 없는 사람들

곳곳이 하늘을 향하여 크고 있는 나무들은 오늘도 나이테를 만든다. 여름을 지나고 겨울을 견디면서 안으로 안으로 동그라미를 그린다. 풀은 봄이면 햇살에 안기어 솟아나서 견뎌야 할 것들을 견디지 못해서 속이 텅 빈 채로 시든다.

눈을 감고 생각하다 보면 어느새 볼품없는 잡념 가운데 서 있고, 꽃잎이 날고 구름이 젖어 흐르는 풍경이 있는 곳에서 생각하다 보면 그 부드러움에 취하여 뜻이 깊어질 수가 없다. 생각을 하지 않고 지내면 게을러지고 소홀해지며 스스로에게도 부끄러워진다. 그렇게들 살다가는 옳고 그른 것을 깨닫지 못하고 이리저리 밀려다니다가 나무가 되지 못하고 풀이 되는 이유조차 알 수 없게 된다.

어느 날 나는 사람들이 가끔 들어가는 어느 밋밋한 건물로 묻어

들어갔다. 그곳에는 노천극장처럼 층층다리 회색 벤치가 네모나게 만들어져 있었다. 그 외에는 아무런 장식도 없었다. 사람들은 여기저기 자기가 앉고 싶은 곳에 앉았고 더러는 다른 이와 함께 오기도 하였으나 대부분은 혼자였다. 그들은 편한 차림새로 눈을 감고 있었다. 그리고 시간이 흘러갔다. 아무도 소리 내지 않았으며 노래하지도 않았다. 나도 눈을 감고 생각해보았다. 나는 아무것도 없는 그곳에서 스스로에게 솔직해지고 있었으며 단조로운 침묵 속에서 나를 찾아내고 있었다. 나는 나무인가 풀인가. 나무라면 목재가 될 수 있는 쓸 만한 것일까. 풀이라면 어떻게 나무가 되도록 할 수 있을까. 그곳에 있는 사람들은 살아있음에 대한 가치와 의미를 찾아 앉아 있을 것이었다. 좀 더 나은 자신의 모습을 위하여.

여럿이서 이야기하면서 느끼고 배우는 것이 나이테의 밝은 여름 부분이라면 혼자서 깊이 생각하고 뉘우치고 정리하는 시간은 그 검정 겨울 테일 것이다. 견디기 힘든 것은 살아가면서 끊임없이 만난다. 조금 노력하면 이겨낼 수 있는 것도 쉽게 주저앉아 버릴 수도 있다. 나는 나무인가 풀인가.

오늘은 어버이 주일이다. 아버지는 어머니날이 가까워지면 우리를 불러놓으시고 돈을 주셨다. 어머니에게는 말하지 말고 좋은 선물을 사다가 어머니를 기쁘게 해드리라고. 그것은 아버지가 돌아가시고 안 계시더라도 어머니를 편안하게 모시라는 말씀이 포함되어 있었을 것이다. 남대문 꽃시장에서 카네이션을 흐드러지게 사다 꽂아 놓고 선물을 사러 다니던 오월.

텔레비전에서는 아무도 찾아오지 않는 양로원이나 혼자 사는 노인들을 인터뷰하고 있다. 아들이 있으면 뭘 해요. 원수보담 못하지.

얼마 전 잡지에 이런 기사가 실려 있었다. 이십여 년 전에 유행하던 엉덩이에 걸치는 청바지가 다시 유행하게 될 것인데, 미리 사람들에게 조사를 해본 결과, 그렇게 편안한 옷이 다시 유행한다는 것에 대하여 찬사를 보냈다고 한다.

이런 이야기를 하자 사람들은 또다시 배꼽들이 거리를 활개치고 다니겠다고 못마땅해 했는데, 요즈음처럼 배꼽이 없어지고 있는 세상에, 있는 것 내놓고 자랑하는 데에도 대단한 의미가 있는 일이라는 것이 나의 대답이었다.

아이들은 비단치마 속에서 가냘픈 풀이 되고 있었다. 어른들은 비단의자 아래 꿇어앉아 빛바랜 풀이 되고 있었다. 서로는 풀이 된 서로와 잔을 들어 건배하였다. 풀들은 키 크는 나무들, 눈 오는 겨울에 서 있을 나무들을 빗대어 "땔감을 위하여 땔감을 위하여" 하고 노래했다. 어느 날부터인가 이 쓸쓸한 세상에는 배꼽들이 하나 둘씩 사라져 갔다. 한 계절의 쑥 냄새와 자운영의 사랑스런 빛깔도 바람에 부드러이 몸을 눕히며 겨울을 두려워하고 있었다. '풀인가 풀인가.' 나는 회색 벤치에 앉아 아버지를 생각했다. 육십 개의 뚜렷한 나이테에 새겨진 낱말들을 생각했다. 나무가 되기 위하며 지금 제가 해야 할 것은 무엇입니까.

하늘 가까이에까지 솟은 아카시아나무, 그 높은 곳에 아카시아 하얀 꽃송이가 새파란 하늘에 안겨서 수백 개의 진솔한 꿈처럼 떠 있다. 그렇게 언제나 늠름하게 버티는 아카시아나무가 전설처럼 하얗게 향긋한 꽃을 피우고 서 있다.

희망의 속삭임

청각장애로 내가 일을 못하게 되자, 의사의 진단서와 전문 변호사의 도움으로 나라로부터 장애자 수혜금을 받게 되었으며 그 비싼 의료보험 혜택까지 나왔다. 이 세상 떠나는 날까지 매달 나의 저금통장으로 들어온다는 안내 편지가 그리 싫지는 않았다.

아, 내가 쓴 시 하나 적어본다.

귀머거리의 사랑

번개 친다.
뒤따라오는 천둥소리 지상에서 흩어질 때
귀머거리의 사랑 듣고 싶은 울림이여.
소나기가 지나간 자리에서 피어나는 그리움.

그 자리에 뿌리가 있었던가.

잃어버린 청각의 달팽이관 속에서 부러진 소리의 뿌리.

아이들이 여자의 곁에서 노래를 부르고 있다.

듣고 싶다.

빛이 깨어지면서 파편으로 터져 오르는 환호성.

들리는 듯 환청은 눈물이다.

노래를 한다.

높은 곳을 쳐다보는 여인.

분명 낮은 목소리가 기쁨을 노래한다.

적도의 오선지에서 깨어나는 내일을 노래한다.

아이들의 배움터.

칠판 앞에서 무지개를 노래하기를.

두 손을 모으고 하늘을 노래하기를.

축축한 것 좋은 햇살에 말리우고 깨끗한 희망만을 노래하기를…

귀머거리의 사랑 귀머거리 시인의 노래가 여기 머문다.

그러니까, 그 정도가 되기까지는 대강 들을 수도 있고 눈치껏 직장일도 하고 어느 단체의 회장직을 맡았었다. 그 단체에서 매년 정기적으로 합창공연을 하는데, 합창대장인 여자가 나에게 합창단에 들어와야 한다고 우겨댔다. 나는 내가 청력장애가 있어서 합창은 못한다고 여러 번 말했지만, 보란 듯이 회장이 서 있어야 한다니 그 정성에 "그러마." 하고 대답하고야 말았다. 자신 없는 일은 처음부터 하지 말았어야 하는데 말이다.

얼마 후 일이 터졌다. 합창연습이 끝날 무렵, 그 여자가 모든 사람들 앞에서 "귀가 안 들리니까 음을 못 맞춰서 혼자 웃기는 소리를 내시는 거 아세요? 아무래도 그만두시던지, 아니면 입만 벙긋벙긋 하시던지 하세요."라고 하더니 나를 쳐다보고 키득키득 웃기까지 하는 것이었다.

그렇게 무안할 수가 없었다. 이보세요. 그런 말은 내 손을 끌고 조용히 가서 둘이만 해야 하는 거 아닌가요? 당신 정말 대학 나왔어? 장애인에 대한 태도가 겨우 그 정도니 머릿속이 제대로 된 사람 아니네! 정말 내 마음속이 헝클어지기 시작했지만, 나는 심호흡을 하고는 이런 경우에 어떻게 혼란스러움을 다스려야 하는지 정리하는 게 중요했다. 또한 다 집어치울까, 아니면 참고 입을 벙긋벙긋 거리며 붕어처럼 살아남아야 하는 것인가.

인내심을 최고로!

나를 진정시킬 수 있는 첫째는 혹시라도 내가 저 여자에게 섭섭하게 한 일이 있어서 지금 이 순간에 앙갚음을 하는 거 아닐까. 또 하나는 정신적 장애자를 상대하는 방법을 기억해 내야 한다는 거였다.

합창제가 끝나고 나는 회장직도, 나의 직장도 그만두었다. 또한 모든 사회적 관계도 모두 접었다. 3년 동안 우울했다. 어느 날 아이들의 손에 이끌려 이비인후과에 가서 청각이식수술이라는 놀라운 수술이 성공적으로 되었고, 나는 사람들과 이야기를 할 수 있게 되었다. 그때는 그 수술이 초기였지만, 10년 후 오늘 다시 최신형 보청기를 받았다. 말소리뿐만 아니라 음악까지도 들을 수 있다고 한다.

정신적인 장애자들에 대하여 생각하며 새로 받은 보청기를 가슴에 안아본다. 듣고 싶으면 보청기를 끼고 듣지만, 앰뷸런스 소리등의 소음은 보청기를 끄면 아무 것도 들리지 않는다. 물론 남편의 잔소리도 귀를 막지 않고 슬그머니 보청기를 꺼버리면 세상이 한없이 조용해진다. 듣고 싶은 것 듣기 싫은 것을 내 맘대로 할 수 있는 행운을 얻었으니 무엇보다 감사한 일이다.

아, 그리고 나는 합창제에서 맨 앞줄 가운데에 서서 입만 벙긋벙긋거렸다. 거룩한 천사의 음성 내 귀를 두드리네. 부드럽게 속삭이는 앞날의 그 언약을….

몸도 뚱뚱하신 분이?

이른 아침, 개학을 해서 전철 안에는 활기 넘치는 젊은이들로 가득하다. 나도 그들 틈에 끼어 떠나려는 전철을 탔다. 내가 서 있으니 앞에 앉아 있는 사람들의 태도가 바뀐다. 머리가 반백이니 자리를 양보해야 한다는 생각에, 어떤 이는 눈을 감아 버리고, 또 다른 이는 전화를 뚫어져라 보는 척한다. 마침내 그 긴장감을 이기지 못한 착한 청년이 나에게 자리를 양보했다.

나는 "Thank you!" 하고 그 자리에 앉아 눈을 감고 이 좋은 청년에게 천사의 손길이 머물 것이라는 생각을 했다.

여러 해 전 일이다. 아주 오랜 만에 고국을 방문해 부천에서 1호선을 탔다. 시차 때문에 힘든 차에 좌석이 하나 비어 있어서 얼른 앉았다. 그런데 그 다음 역에서 연세가 많으신 어르신이 타셨는데, 아무도 자리를 양보하지 않으니 할 수 없이 내 자리를 내드렸다.

앉으시며 나를 올려보고는 "아이고, 몸도 뚱뚱하신 분이!"라는 거다.

'몸도 뚱뚱하신 분이?'

나는 빙그레 웃고는 더 깊은 곳으로 걸어 들어갔다. 인사말을 미리 생각해둘 필요가 있겠다 싶었다.

요즈음은 경로석이 있어서 그런 일이 없다고들 하시니 옛날이야기 읽으시듯 하기 바란다.

시청에서 내려서 많은 인파에 휩쓸려 걷는데, 두 녀석이 내 핸드백을 낚아채 가지고 뛰었다. 내가 "저 놈 잡아라, 내 핸드백!" 하고 소리쳤지만 아무도 도와주지 않았다.

요즈음은 치안이 잘 되어 있어서 소매치기도 없고 그런 일도 흔치 않다니 다행이다.

어쨌거나 어르신 말대로 몸이 뚱뚱하니 잽싸게 뛰지 못해 그 놈들을 놓치고야 말았다.

이런 생각을 하다 눈을 뜨니 맨해튼 유니온스퀘어다. 서울과 뉴욕을 오가며 가끔씩 내가 어디 있는지 잊을 때가 있다. 마음도 어디 있는지 갈피를 못 잡을 때도 있으니 말이다.

모자란 듯 할 때가 제일 좋아!

폭풍우가 지나고, 무섭게 흘러내리는 물살에 땅이 여기저기 파인 숲 한가운데 우뚝 솟아 싱그럽던 커다란 나무가 뿌리째로 뽑혀 넘어져 있다. 생김생김이 수려하고 햇살에 반짝이는 이파리들의 흔들림과 모양새가 특수하여 돋보였으며, 그 튼실함으로 곁에서 자라던 작은 나무들이 하나둘 죽어갔다. 수많은 새들과 다람쥐들의 보금자리, 시원한 바람소리로 여름을 즐기기에 한몫하던 나무가 쓰러지다니.

그 이야기를 하자, 한 어르신이 이렇게 설명을 해주셨다. 숲에 가면 매년 떨어진 잎사귀들이 비를 맞아 썩고, 또 그 위로 한 해의 낙엽이 더해지면서 푹신한 두엄 밭이 형성되어 있기 때문에, 나무 뿌리가 애써 양분과 물을 섭취하려고 땅 깊이깊이 내려갈 필요가 없다. 그래서 곁으로 곁으로 뿌리를 키우면 되니 뿌리 깊은 나무로 자라지 않아서 비바람에 뿌리가 뽑혀 나가게 되었으리라. 아니면 나무가 자리 잡은 땅 깊지 않은 곳에 암석 밭이 있어서 제대로 자리 잡지 못했을 수도 있다.

무엇이든지 풍부했던 나무.

아마도 처음 씨가 떨어져 태어난 곳이 좀 척박했다면, 생김생김은 왜소하고 듬직하지는 않다고 하더라도 깊이 뿌리 내려 쓰러지지 않았을 것이란 생각을 해본다. 평원의 평지에서 다정한 그늘을 만들며 소박한 사람들의 보금자리로, 또한 둥그런 그림자로 사람들에게 아낌을 받지 않았을까.

사람들도 무엇이든지 풍부하여 어려움도 모르고 사는 이들도 많다. 주위에도 좋은 것은 모두 가지고 사는 기름진 생활, 사고 싶은 것 다 살 수 있고, 말만 하면 척척 생기는 사람들이 있다. 우리는 유학생으로 미국에 와서 아이들에게 어려움을 많이 주었기 때문에 미안한 생각을 한 적이 많다. 첫딸이 유치원에 들어갔는데, "내일은 밖에서 눈싸움을 하고 눈사람도 만들 예정이니 꼭 스노 슈트를 입혀 보내라."는 편지를 내보였지만, 형편이 좋지 않아서 털실로 짠 바지를 두 겹으로 입혀 보냈다. 선생님이 "너는 나갈 수 없으니 창가에 앉아 있어야 한다."고 했던 것이었다. 그때 내가 아이들을 위해 할 수 있는 일은 자장가를 불러서 재우는 것이 고작이었다.

우리 어머니가 생전에 하시던 말씀이 맞다.

"모자라는 듯 할 때가 제일 좋다."시던!

아마도 내가 태어나서 대부분의 시간을 모자라는 듯하게 살아왔기 때문에, 많은 것을 채워주지 못했던 아이들에게 미안해하지

않기로 한다. 청바지가 사고 싶었는데 엄마가 안 사줘서 중고시장
에서 샀다던 작은 딸이 환하게 웃고 있으니까. 그래서 깊은 뿌리
를 내려 잘 살고 있으니까.

텃밭에 울타리를 치면서 하는 생각

측백나무는 사슴의 입이 닿는 데까지 이파리 하나 없이 다 먹어 버려서 밑동이 초라하고, 겨울이 되어 먹을 것이 없으면, 잎이 센 유카의 끄트머리까지도 모조리 씹어 먹는다. 사슴의 키보다 훌쩍 커버릴 때까지 견디며 살아남은 라일락만이 꽃망울을 올리고 있다.

그해 4월, 내가 이 집으로 이사 올 때 덩굴장미와 백합을 심고, 자그마하나마 봄이면 튤립이 줄지어선 정원을 꿈꾸며, 우선 장미와 백합을 잔뜩 심었다. 결과는 말할 것도 없이 사슴의 과자로 꽃마다 모가지가 잘리고 황폐해 갔다. 그런 가운데 보란 듯이 지금까지 살아남아 있는 꽃들은 히아신스와 수선화 그리고 능소화뿐이다.

힘든 세상살이에서 살아남으려면, 마음 어딘가 쓴맛이나 독을 품어야 한다는 생각이 드는 것은, 맛있는 것은 먹히고 연약한 것은 꺾이고, 착하기만한 사람들은 이용당하고, 이런저런 일을 당하면서 나도 살아남을 만큼의 독을 키우고 있는 것을 스스로 느끼고 있기 때문이기도 하다.

기억과 추억의 차이

화가 한 분이 버스를 타고 유럽의 시골길을 지나고 있었다. 버스 종점에서 가까운 곳에 화실을 가지고 있는 벗의 초대로 며칠 묵으며 낯설고 포근한 풍경화를 그리기로 한 것이다. 초여름이 풍성한 햇살을 쏟아내고 푸르름이 넘실대는 산길을 지나자, 끝없는 평원이 펼쳐져 있었다. 그녀는 순간, 화폭에 담고 싶다는 생각 하나로 버스운전사에게 내려달라고 부탁했더니 의아하며 버스를 세웠다. 수많은 양떼들이 풀을 뜯고 있는 풀밭과 알맞게 낮은 구름! 그러나 화판을 가져 오지 않았기 때문에 꽤 멀리 보이는 빨간 집을 향해 좁은 길을 달려갔다. 길섶에는 풀꽃들이 졸고 있고, 그 길 끝에 다소곳하게 서 있는 농가의 문을 두드렸다. 그리고 박스 하나를 얻어 뜯어서 사각형의 종이 판때기를 만들어 그림을 그렸다.

풍경화.

울퉁불퉁한 종이 면이 무늬를 만들어내어, 진솔한 물감의 엇갈림과 맞물려 있어서 그 날 하루의 이야기가 잘 나타나 있었다. 나는 알맞는 액자를 해서 책상 위에 나지막하게 걸어놓았다. 내가 의자에 앉으면 가까이에서 속삭이듯 그 날의 추억을 이야기하던 화가분의 상기된 얼굴이 얹히고, 양들은 풀을 뜯느라고 조용히 움직이는 장면이 얼마나 경이로운지!

이제 나에게 어떻게 살고 싶으냐고 묻는다면, 주저앉고 알파카농장을 하겠다고 말하겠다. 알파카라는 가축은 부드러운 털을 가져서 가볍고 따스한 털실을 만들지만, 무엇보다도 세상에서 가장 순하고 어진 눈매를 가졌다고 생각한다. 우리는 페루 여행을 하는 도중에 알파카농장으로 안내되었다. 그 후로 나는 안데스산맥에서 알파카농장을 하는 계획을 세웠는데, 그 무모하기 이를 데 없는 나의 희망에 모두들 고개를 흔들어대었던 것이다.

기억과 추억의 차이.

그 따스함은 기억을 넘어 추억이 되었으며 머리가 아닌 가슴의 왼쪽 다락방에서 살아 숨 쉰다. 옛날 할머니의 다락방처럼 좋은 것만 넣어두는 곳에서 언젠가는 안데스산맥의 풀밭에서 양치기 혹은 알파카치기가 되는 희망도 함께 자리하고 있다.

꿈이 이루어지지 못하면 어떤가!

오늘도 유럽의 양떼들이 외마디소리로 어제의 일들을 전해주고, 안데스산맥의 알파카들은 내일의 바람소리도 준비하고 있는데. 그리고 그리움까지 빗소리와 어우러지는 봄인데!

너를 만나 수많은 추억으로 하루가 다 가도록 이야기하고 싶다. 기억은 점점 멀어지고 추억이 만발하는 하루하루를 엮어가면서.

15분, 그 감칠맛 나는 즐거움

금호고속버스의 푹신한 좌석에 앉았지만, 어느새 불편함으로 기지개를 크게 펴고 싶을 즈음, 버스는 휴게소로 접어들었다. 실내등이 켜지고 "이곳에서 15분간 쉽니다. 버스번호판을 외우시고 시간 내에 승차하시기 바랍니다."라는 안내가 감미롭다.

구내식당에서 4,000원을 지불해 우동을 주문하고, 쪽지를 들고 차례를 기다린다. 펄펄 끓는 물에 굵은 우동국수가 데워지면, 그 위에 국물을 붓고 고명을 얹어 내 앞에 놓는다. 아삭한 단무지와 매콤한 깍두기, 뜨끈한 우동을 호호 불어가면 재빨리 먹으면서 스며드는 이 즐거움. 시간이 흐르고 그 담백한 국물을 다 마실 틈도 없이 재빨리 걸어 버스의 좌석에 앉으면, '15분, 그 감칠맛 나는 즐거움'이라는 표현 외에 무슨 말이 필요한가?

아쉬움이 있다면… 하하하… 양이 좀 부족했지.

옛날 옛날에

우리 집에서 30분을 북쪽으로 올라간 곳에는 나무 조각을 하는 조각가와 아름다운 아내가 살고 있다. 호박전과 막걸리를 준비해 놓았으니 올라오라는 문자메시지를 받고 잠깐 망설였다. 오늘은 비도 오고 해서 집에서 혼자 게으름을 피우기로 작정하고 있었기 때문이었다. 나는 들꽃 한 아름 꺾어들고 그 집으로 향했다. 고속 도로 주변에는 벌써 서둘러 가을을 맞는 숲이 비를 맞고 있었다. 그 댁에는 입구에 커다란 호수가 있어 숲과 구름 낀 하늘이 그 호수에 거꾸로 잠겨 있었다. 조각가의 동생과 또 다른 친구가 와 있어서 다섯 명이 점심을 즐겼다. 금방 따온 밤을 구웠는데 열아홉 개밖에 안 되었기 때문에, 그 동생이 가위바위보를 해서 하나씩 먹자는 제안을 했고, 모두들 좋아했는데. 내가, '잠깐~' 하면서 이런 이야기를 했다.

옛날 옛날에, 부부가 금슬이 좋고 사랑이 깊으면 삶은 밤을 앞에 놓고 까먹으며 오손도손 이야기꽃을 피우는데, 서로 좋은 것을 먹게 하려고 작은 것부터 골라먹기 때문에, 그런 집의 밤소쿠리에는 굵은 밤만 남았더라. 서로 미워하는 부부는 큰 밤부터 골라먹어서 작은 밤 몇 개 남았더라.

우리는 왁자지껄 가위바위보를 해서 이긴 사람이 하나씩 까먹었는데, 드디어 마지막 몇 개가 토실토실한 굵은 밤이 남아 있는 것을 보면서, 나는 오늘 빗속을 달려오길 잘했다고 생각했다.

살아있기

프로판 가스가 조금씩 새어 나오는
차가운 곳에서
주머니 속의 성냥을 만지다가 밖으로 나간다.
비에 젖을수록 무거워지는
무게를 견디며 걷다가
차오르는 가스의 가벼움을 생각한다.
더 이상 갈 수 없어 방으로 돌아간다.
성냥을 그을 것인가
창문을 열고 가스가 새는 곳을 막을 것인가
비는 진눈개비로 바뀌고 있다.

불꽃의 속삭임이여

벽돌을 쌓아 돌려 둥글게 만든 낙엽 태우는 장소. 가장 아래의 벽돌 사이에는 공기가 통하는 구멍이 숨소리를 내는 듯하다. 긁어 모은 낙엽과 마른 잔가지들을 넣고 불을 지핀다. 태우는 일이란 불꽃이 새로운 생명을 부여안고 살아있는 듯 이 세상의 물체로 흔들린다는 것, 산더미 같은 것들을 한줌의 재로 만들어 버린다는 것, 그리고 그 잿더미를 끝으로 불꽃조차 죽어 버린다는 것, 무엇보다 한 해가 남긴 푸르름의 잔해. 낙엽을 태우는 일이란 참으로 생각의 깊이를 더하는 일이다.

불꽃의 흔들림으로 그림자도 머물지 못해 함께 흔들린다. 이제 들국화가 마지막 꽃잎을 펴고 들판에 내려앉은 조개구름 같아 나도 불꽃과 함께 흔들린다.

유치원에서는 아이들에게 낙엽을 태우다가 옷에 불이 붙었을 때를 대비하는 교육을 철저히 시킨다. '굴러라 굴러.' 하면서 정말 잔디밭에 누워 몸을 굴리며 옷의 불을 끄는 연습을 하는 모습을 볼 수 있다. 옷의 불꽃은 뛰어다니면 자꾸 타오르기 때문에 눌러 끄도록 하는 것이다. 아이들은 가을의 낙엽을 태우는 일처럼 즐거운 것은 별로 없는 것 같다. 불타고 있는 낙엽더미에 자꾸 낙엽을 뿌려 넣으면서 기다란 작대기로 쑤셔 불꽃을 죽이지 않는 것까지도 배워서 낙엽을 태우는 시간을 기다리곤 했다. 어느 날, 나는 아이들과 낙엽을 태우다가 잠깐 부엌에서 끓고 있는 곰탕의 불을 줄이기 위해 들어왔는데, 부엌의 창문을 통해 작은딸의 스웨터에 불이 붙어 있고, 그 아이가 무서움에 질려 달음박질하는 것을 보았다. 나는 뛰어나가 아이를 땅에 넘어뜨려 불을 껐지만, 이미 등판에는 야구공만한 물집이 생겨 있었다. 응급실로 데리고 가서 가위로 물집의 피부를 도려내고 치료를 받았건만, 30년이 지난 지금도 그때의 흉터가 남아 있다.

흉터… 가을이 남긴 기억….

가을은 또다시 아무렇지도 않은 듯 어김없이 다가오고, 뉴욕주로 이사한 후 낙엽을 태우지 못하도록 하여 긁어서 봉지에 담아 내어놓으면 트럭이 와서 실어간다. 아마도 낙엽토를 만들어 어느 농토의 퇴비로 쓰여져 우리의 식탁을 건강하고 풍요롭게 하는가 보다. 그래도 나는 초겨울이 되면 장작을 한 트럭 사다 쌓아놓고, 소나무에 주렁주렁 달린 솔방울을 모아놓고는 벽난로에 가득 불을 지핀다. 솔방울 안에 담겨 있는 송진이 타면서 만드는 빛깔은 주홍에서 보라색을 넘나들고, 작은 속삭임 닮은 겨울의 입맞춤으로 겨울 사랑이 시작되는 것이다.

그래도 하늘 아래에서 가을을 보내는 이별의 예식처럼 순수한,
아~ 그 낙엽 태우는 냄새가 오늘도 내 마음속에 살아있다.

제2부 선글라스를 쓰고 보는 세상

검은새의 따스한 눈동자

시내를 떠날 때는 구름이 낮을 뿐이었는데, 흐르는 강 위로 흔들리듯 놓여 있는 다리를 건너자 눈이 내리기 시작했다. 저녁이 깊으니 세찬 바람과 함께 눈보라가 아우성치며 소용돌이를 만들었다. 눈송이가 젖어 있어서 엉겨 붙고 그대로 차창에 덩어리지니 윈도와이퍼는 제대로 얼음을 쓸어내지 못했다. 모든 차들이 앞을 제대로 볼 수 없어서 바로 앞차의 흐릿한 붉은 불빛을 엉금엉금 따라가다가 도저히 갈 수가 없으면 옆으로 차를 세우고 얼음이 되어 버린 눈덩이를 떼어내었다. 매우 위험하지만 할 수 없는 일이었다. 낭떠러지로 미끄러져 떨어진 차들, 구급차의 숨 가쁜 사이렌 소리.

내 머리 속에는 단 하나의 생각으로 고정되었다. 집까지 안전하게 도착하기만 하면 된다. 몸을 곳곳이 세우고 앉아, 어떻게 해서

든지 차선을 이탈하지 않고 앞으로 나아가는가에 집중했다. 앞으로 나가기만 하면 언젠가는 집에 도착한다. 시내를 떠난 지 네 시간이 넘었고, 하이웨이를 나와서 집으로 향하는 작은 길에는 앞에 가는 차도 없었고, 길은 완전히 얼음으로 깔려 있었다. 눈보라는 어디가 어딘지 분간할 수 없이 어둠을 휘저으면서 쏟아져 흩어지고 있었다.

저만치 내 집이 보였다. 순간, 거기 집 전체가 한 마리의 거대한 새가 나래를 펴고 비상할 준비를 하는 듯 앉아 있었다. 집은 나를 기다리고 있었다. 묵묵히 닫쳐 있는 대문을 열고 들어가서 침실과 서재에 불을 켰다. 이제 밖에서 보면 이 검은새의 어질게 빛나는 눈빛을 볼 수 있을 것이다. 창을 밝히는 불빛은… 얼마나… 따… 스…한…가. 지금 내가 거대한 검은새의 안구 안에 앉아 글을 쓴다는 생각 또한 얼마나 따스한가.

오늘도 눈이 쏟아진다. 이제 차를 뺄 생각은 아예 하지도 말아야 한다. 오늘 내일 그리고 그 다음날 아침에도, 나는 혼자서 정겨운 새의 안구에 편안히 앉아 지난 일을 정리하려고 한다. 그동안 많은 글을 썼다. 지난해에 쓴 글들을 훑어본다. 이제, 하나씩 꺼내어 먼지를 털면서 손질해 놓아야겠다. 눈보라를 헤쳐 집에 돌아올 때까지의 완전한 집중으로라면 무엇이라도 해낼 수 있다고 착하디착한 한 마리 나의 새가 포근한 깃털로 나를 휘감으며 희망의 온기를 전해주고 있다.

꽃피고 싶은 원추리

비오는 이른 봄, 원추리 싹이 싱그럽다. 봄철이면 칼과 바구니를 들고 나물 캐러 오는 사람들을 만난다. 냉이, 씀바귀, 질경이, 쑥, 곰치, 달래….

작년 이맘때, 내가 외출에서 돌아오는데, 우리 집 들에서 나물을 캐는 사람들이 보였다. 가까이 가니 안면 있는 한국사람 서너 명이 멋쩍은 듯 나를 보며 아는 체를 했다. 소쿠리에는 원추리 어린 싹이 가득 들어 있었는데, 나는 갑자기 기분이 껄끄러워졌다. 다른 나물을 해 가는 것이야 뭐라 하겠는가? 그런데 원추리는 그냥 두면 황홀한 꽃이 핀다.

우리 집의 유월은 원추리꽃의 그 주홍색으로 물결치는 언덕에서 시작된다. 근심을 떨쳐 버릴 만큼의 아름다운 꽃을 피운다고 하여 '망우초'라는 다른 이름으로 불리우는 원추리. 그렇게 싹을 잘라봤자 한두 끼 식탁의 나물로 먹어 버리면 그뿐 아닌가?

　이런 생각을 오늘 하는 것은 비오는 탓도 아니다. 원추리 싹을 잘라서 나물을 해먹는 사람들 탓은 더더욱 아니다. 어디선가 소소한 이유로 무자비하게 잘라져 사라지는 희망과 꿈에 대해서 물끄러미 비 내리는 들을 바라보며 한없이 서글퍼지기 때문이다.

거북이를 기다리며

플로리다 마이아미에서 한 시간을 북쪽으로 올라가면, 조그마한 바닷가 마을 보카 레이톤에 닿게 된다. 뜨거운 여름 햇살이 바닷바람과 만나서 부드럽고, 말끔하면서도 힘찬 기운이 하늘까지 그득하다. 넘실대는 열대 꽃들의 빛깔은 원색으로 한없이 마음을 들뜨게 한다.

밤 10시가 되어 우리는 바닷가로 나갔다. 소나기가 오려는지 밤하늘은 낮고 검게 가라앉고, 먼 데 경비선이 불을 반짝이며 지나가는 바다 전체가 시커멓게 흔들리며 파도를 부수었다.

얼마나 지났을까. 미국 중년 부부가 해변을 따라 걸어 내려와서 우리 앞에 걸음을 멈추고, "오늘밤에 거북이를 보셨나요?" 하고 물어왔다. 그들은 우리 옆에 앉아서 한참을 말없이 바다에 눈을 주고 있다가 이야기를 시작했다.

보카 레이톤의 남쪽 끝에 삼각지로 돌을 막아 놓은 우리가 앉아 있던 그 근처에는, 300파운드 쯤 되는 거북이들이 알을 낳기 위해서 나온다. 아주 옛날부터 이곳에 알을 낳던 버릇대로, 지금은 옛 모습이 있을 리 없고, 호텔들이 들어섰어도 초여름 한 달, 밤 10시에서 12시 사이에 어미 거북이들이 바다 속에서 나온다. 바닷새로부터 알을 보호해주기 위해서 철망통이 여기저기 엎어져 있는 게 보였다.

네 사람은 말없이 거북이를 기다렸다. 기다림이란 얼마간의 상쾌한 긴장감을 느끼게 하며 생동감을 갖게 한다. 거북이를 기다리지 않은 채 바닷가에 앉아 있을 때보다 나는 어느새 상기되어 있었고 박수를 치고 싶은 기쁨이 꽃처럼 피어나고 있었다. 나는 거북이를 만나면 물어볼 이야기들이 많았다. 200살쯤 된 거북이는 옛날에 훈훈하고 살맛나던 이웃에 대해서 전설이 아닌 경험담으로 말해줄 수 있을 것이다. 아니, 그보다 거북이와 이야기가 잘 되면 깊고 깊은 바다 속으로 거북이 등을 타고 내려가서 옛날이야기도 듣고, 때로는 뭍사람들보다 훨씬 값진 이야기를 나누며, 인어공주 시중도 들며 살아가리라. 뜻 없이 살아도 좋으리라. 자정이 되어도 거북이는 나타나지 않았다. 내일 다시 만나기로 하고 축축한 모래 위를 걸어 나왔다. 금방 내리기 시작한 빗줄기가 싱그러웠다.

헛된 일에 우울하고 숨차고 힘든 뉴욕생활에서 잠시 벗어나온 며칠이 다 지나도록 우리는 거북이를 만나지 못했지만, 어느새 거북이로부터 수많은 이야기를 들은 듯하였다. 산다는 것에 대하여… 미움에 대하여… 태양과 바다와 바람이 가지고 있는 뜻에 대하여… 그리고 사랑에 대하여…. 나는 거북이를 기다리며 말없이 앉아 있던 시간 내내 이러한 것들에 대한 생각에 열중해 있었고, 그 대답까지도 거북이에게서 들은 것같이 마음이 편안해졌기 때문이다.

매일을 뜻 없이 지내는 듯한 단조로움에서 희망이라는 두 글자로부터 만들어낼 수 있는 비밀상자. 그것을 열어준 그날 만난 부부의 정다움에서, 또한 내일의 싱그러운 아침을 약속 받았다고 할까.

사람과 사람이 만들어낼 수 있는 이름 모를 섬들의 마주함. 그 경이로움을 생각하게 해준 것일까.

내년 유월에는 다시 거북이를 만나서 아주 바다 깊은 곳으로 등을 타고 내려가 다시는 뉴욕으로 돌아오지 않을 수도 있을까. 아니, 적어도 뉴욕이 그리워져서 다시 뭍으로 나오고 싶을 때까지라도.

보청기가 떨어졌어!

지하철 문이 열리자 많은 사람들이 우르르 몰려왔다. 나는 비집고 들어서는 사람들에게 자리를 마련하느라 뒷걸음질 쳐서 안으로 들어섰는데 급히 뛰어든 사람에게 밀려 거의 넘어질 뻔했다. 내 귀에 걸려 있던 보청기가 떨어졌다. 순간 아무것도 들리지 않았다. 나는 "보청기가 떨어졌어!" 하고 소리쳤다. 어느 키 큰 남자와 눈이 마주쳤다. 그가 영어로 "움직이지들 마시오". 나는 그 소리가 들리지 않았지만 그 입모습으로 "Don't move, please."라고 하는 것을 알 수 있었다. "이 여자가 보청기를 떨어뜨렸다 하오." 라고 나를 가리키며 큰소리로 말했다. 그가 뭐라고 빠르게 말했는데, "발밑에 조심해서 찾아봐들 주시오!"라고 한 모양으로 모두들 고개를 숙이고 나의 보청기를 찾고 있었다.

누군가의 발에 밟혔다면 박살이 나 있을 것이었다. 나에게서 서너 사람 건너 서 있던 여자가 몸을 굽히더니 나의 보청기를 번쩍 들어올렸다. 사람들의 표정이 금방 환해졌다. 내가 손으로 손으로 옮겨진 보청기를 받는 순간 지하철 문이 열렸다. 우르르… 사람들이 내렸다. 큰소리로 "움직이지들 마시오." 하던 남자도, 보청기를 주워든 여자도 내리고 없었다. 나는 타임스퀘어에서 내렸다. 복잡한 인파, 그 사이에서 한 남자가 바이올린을 켜고 있었고, 그 앞에 놓인 악기 통에 지전 몇 장과 동전이 놓여 있었다.

 내가 그의 음악소리를 들을 수 있다면 좋겠군. 지하철의 층계를 올라 나온 맨해튼의 거리에는 봄이 넘실대고 있었다.

허드슨강江으로 걸어서 간다

지하철이 지나간다

검은 철근 속으로 머리를 곤두박질하는 도시의

구겨진 시간들이 타임스퀘어에 선다

확성기를 매달고 한 남자가 바이올린을 켜고 있다

선율이 뜨거운 땀에 젖어 목 메인 쇳소리에 섞이고

사람들이 안으로 뛰어든다

박자에 맞추어 문門이 닫힌다

나는 음악을 듣는다

잠시 소리가 멈춘 역驛에서

쏟아지는 낙엽이 어디에선가 쌓이는 쓸쓸한 몸짓으로

남자의 눈빛을 흔든다

몇 닢 지전紙錢이 악보 아래에 누워 있다

지하철이 빠르게 다가온다

지전이 날아간다

누군가 구둣발로 밟아

악보 아래 다시 눕힌다

눈물 젖은 하루가 떠나고

나는 음악을 검은 코트 주머니에 넣고

허드슨강으로 걸어서 간다

우거진 열대우림에서 만난 하늘빛 나비들

사람을 처음 만난 후, 또다시 만나고 싶은 사람도 있고, 때로는 다시는 만나고 싶지 않은 사람도 있다. 여행지도 마찬가지다.

나는 여행을 가기 전에, 그곳에 가서 찾아볼 곳과 먹거리까지 될 수 있는 한 많은 정보를 읽고 잘 정리한 수첩을 가지고 가기 때문에 날더러 교과서 목차처럼 여행길이 다부지다고 한다. 그렇다고 남들 다본 것만 보러 다니면 그다지 의미가 없으니, 또다시 만나고 싶은 사람이 가지는 빛남을 여행지에서도 찾아야 하는 것이다.

우리는 아마존강 어귀에 있는 페루의 도시 이키토스로 향하는 비행기를 타면서, 다른 여행보다 훨씬 기대감에 들떠 있었다. 좌석 옆에 한 청년이 앉아서 열심히 책을 뒤적이고 있었는데, 의학책인 것을 안 남편이 그에게 말을 걸었다. 미국 중부에 있는 의과

대학생이었다. 그가 처음 아마존에 여행 갔을 때는 호기심에서였는데, 독사에 물린 원주민이 주사를 맞기 위해서 40불을 구하던 중에 독이 번져 그 자리에서 쓰러져 죽는 것을 목격한 이후, 방학이나 긴 휴가가 있을 때마다 비상약을 가지고 아마존에 묵으며 치료를 해주고 있었다. 신발이 없어 맨발로 다니다가 깊은 상처가 나서 파상풍에 걸리는 아이들 이야기, 항생제로 치료할 수 있는 병들, 참으로 대견한 청년이었다.

마추픽추에서 시작된 땀띠가 심해지면서 풀독까지 겹친 나는 거의 가려움증을 견딜 수 없게 되었는데, 가지고 간 연고제는 이미 떨어졌다. 안내원의 말대로 민간요법으로 아마존의 한약을 구하러 약간 험하고도 외진 곳을 가게 되었다. 끈적거리는 날씨, 방충제를 뚫고 물어대는 모기, 견딜 수 없는 가려움증, 게다가 여기저기서 튀어나오는 짐승들, 더 이상 나쁜 상황이 없을 것같이 느껴질 즈음, 나는 파란색의 나비떼를 만났다. 주저앉고 싶을 때 다가오는 참빛의 부드러운 손길로.

엄마가 "나는 소라색이 참 좋아." 하시던 목소리가 바람결에 흔들려 다가온 듯 그 청아한 아마존의 파란 나비떼가 우아한 날갯짓을 하며 이름 모를 풀숲을 수놓고 있었다. 나는 알맞게 놓여 있는 나무 그루터기에 걸터앉았다. 다섯 살쯤부터인가. 나는 조그마한 색종이로 가득 채워진 하얀 바구니를 들고 천천히 걸으며 한 손으로 색종이를 뿌려 신부가 들어올 길을 꽃길로 만들곤 했다. 엄마가 "우리 딸은 예쁘기도 하지만 꽃을 뿌리면서 결혼식장을 걸어 들어가는 모습이 나비의 날갯짓같이 부드럽고도 행복을 전해주는 천사 같단다. 그래서 들러리를 많이 서게 되는 거야."라시며 내 머리 위의 꽃관을 고쳐주시곤 했지. 결혼식장에 흐르는 음악에 맞춰 춤추듯 파란 나비들이 가장 아름다운 무도회를 하는 듯 정겨웠다. 춤추는 사람의 아름다움을 건너 전해 오는 뜨거움을 지나 산뜻한 한 장의 고요한 사진으로 머무는 것이었다.

가끔씩 지금도 그 나비의 군무를 꿈속에서 보면서 엄마를 만나곤 한다.

일주일 동안 아마존강의 흔들다리도 지나고 보트를 타고 가면서 우리를 향해 무심히 손을 흔들고 강가에 앉아 있는 아이들에게 여러 번 손 흔들어 답해주고, 원주민의 생활을 만나기도 했다. 여행기간이 끝나가던 날, 신문에 실린 한 장의 사진을 보았다. 남자의 뒷모습이었다. 영어로 해석을 해주는 안내인을 따라 나는 그곳을 방문했다. 그 남자가 아마존에 여행을 왔었는데, 빈민촌에서 에이즈로 죽어가는 많은 사람들을 보게 되었다고 했다. 빈민굴의 모습은 차마 바라볼 수 없을 정도였는데, 수상가옥에는 축축하고 죽음의 냄새가 곳곳이 배어 있었다. 사람이 이렇게 죽어서는 안 된다는 신념으로 그곳에 머물며, 가난한 사람들 중에서 가장 가난한 사람들의 마지막을 보살피고 있었다. 몇 개의 방에는 죽어가는 사람들을 씻기고 먹이고 기도하는 몇몇 사람들이 천천히 움직이고 있었다. 그들은 우리 같은 방문객들의 기부금으로 운영되고, 그 사람은 절대로 앞에서 사진 찍기를 거부한다고 했다. 사람이 하나 죽어나가면 다른 가난한 사람이 옮겨진다. 그렇게 부모가 죽으면 고아가 된 아이들이 수없이 많았다.

뉴욕으로 돌아온 나의 마음은 어지러웠다. 하릴없이 발을 강에 담그고 앉아 지나가는 배를 향해 손을 흔들던 아이들. 그들의 희망은 무엇일까. 나는 가끔씩 엉뚱한 생각을 하는데, 그 아이들에게 한국의 태권도를 가르쳐 정신 나게 하면 어떨까 하는 것이었다. 태권도를 하시는 분에게 찾아가서 내가 태권도를 배워서 아마존에 가서 아이들을 가르치려면 얼마나 도장에서 배움을 받아야 하는가를 묻자 열심히 2년 동안 도장에 나오라고 하셨다. 부모를 잃고 고아가 된 아이들에게 내가 무엇을 해줄 수 있을까. 그들의 앞날에는 무엇이 있을까.

그러나 나는 너무 작았고, 아마존의 슬픔은 곳곳에서 너무나 컸다. 나는 다시는 이키토스라는 곳을 찾지 않을 것이다. 이룰 수 없는 인연의 도시. 다시 만나고 싶고 혹은 다시는 만나고 싶지 않은 사람과의 인연을 넘어서, 감당할 수 없는 것이 있을 수 있다는 것을 깨우쳐준 곳이었다. 그 무섭게 우거진 나무들의 뿌리는 거대한 강가에 내리고 있고 너무 빽빽해서 햇살이 내려앉을 수 없는 습지의 나무기둥들이 만들어낸 무늬가 경이스러웠다는 기억, 가마에서 구워낸 도자기가 불 속을 견디고 신비한 색을 만들어내는 모습이 겹쳐져 있을 뿐, 넘치는 슬픔의 광경들이 오늘도 흙빛 강물에서 반사되고 있다.

선글라스를 쓰고 보는 세상

나는 눈부신 태양을 얼굴 찡그려가며 바라보는 것이 좋고,
바람의 흔들림까지도 보일 듯한 대낮의 빛과
자연이 품고 있는 여러 가지 색깔들을 보면
나까지도
싱싱해지는듯해서 더욱 좋다.
그리고 그 넘치는 빛이 만드는 그림자 또한 짙어서 좋다.
깊이 파인 주름살에 햇살이 만드는 그림자의 진솔함에 세월을
껴안으며
세상을 환하게 잘 본다는 것이야말로 경쾌한 걸음걸이에 얹히
는 음악처럼 기분 좋은 일이다.
나는 해변에서도 선글라스를 잘 안 쓴다.
선글라스를 통해 보는 어두컴컴한 풍경은 나를 답답하게 했었다.

딸아이가 선글라스가 눈을 보호한다고 우기며, 멋진 것을 사다 주니

하는 수없이 그것을 쓰고 운전을 했다.

세상이 착… 가라앉은 것처럼 보인다.

이상한 일이다.

나는 낯선 느낌으로 서성인다.

서랍 속에 숨겨놓은 나의 욕심이 이제 제대로 보이는 것이었다.

스스로가 낮아지는 출렁임도 보인다.

좋은 햇살 아래서는 보이지 않던 나.

이제껏 몰랐던 지층 아래 놓인 덧없는 것들이

낮은음자리표를 안고

내려와라 내려와라…

부르는 쓸쓸한 노래를

태양을 마음 놓고 우러르는 것이 마음의 겸손함을 어지럽히는 것인가

천천히 내 마음도 서두르지 않고

자꾸만 낮아지는 느낌과 함께 세상이

참 온화하다는 생각을 한다.

호박꽃도 꽃이냐고?

 내가 탐스럽게 생긴 호박꽃을 따다가 바삭하니 튀김을 해서 페이스북에 올렸다. 튀김옷에 매콤한 고추를 썰어 넣었기 때문에 도톰한 호박꽃의 부드러움과 아삭 씹히는 고추가 어울려 맛있었다. 그것을 본 미국 친구들이 그 다음부터 나를 'Zucchini flower'라는 별명으로 부르기 시작했다. 호박꽃이라~ 한국어를 전혀 모르는 그 사람들이 "호박꽃도 꽃이냐."는 말을 알 수가 없으니, 나는 어쩔 수 없이 아주 자연스럽게 호박꽃이 되어 버린 것이다. 호박꽃의 꽃말은 '사랑의 용기'라고 한다. 볼품없지만 꽃을 피울 수 있다는 용기라는 뜻이라나!

 내 별명이 호박꽃이 되기 전부터 나는 호박을 아껴왔다. 한 평의 땅이 있어도 호박씨를 심었으며, 한 개는 늙혀서 씨를 받았다. 그 늙은 호박의 베이지 색깔과 평퍼짐한 앉음새의 고풍스러움이 매년 가을을 어김없이 풍족하게 해주었으며, 하다못해 버릴 것이 없이 온통 구수한 맛으로 채워져 있는 최고의 식물이지 않은가? 호박씨는 치매까지 예방해준다니 말이다.

호박꽃은 잔바람에도 부서지고 햇살에도 끝이 시들기 때문에 아침결에 따와야 한다. 호박밭을 향해 걸어가는 아침마다 황금빛의 출렁거림으로 호박꽃밭의 싱싱한 기운을 받아 상쾌한 하루를 엮어내곤 한다. 꽃술에서 꿀을 빠는 벌을 흔들어 깨어 내보내고, 흐르는 물에 잠시 씻어 이슬을 헹구어낸 꽃 속에, 갖은 양념을 한 만두 속을 채워 넣는다. 그리고 김이 오르는 찜통에 부드러운 호박잎을 깔고 그 위에 꽃만두를 올려 찐 다음, 양념간장에 찍어 먹어 봐~ 아. 참, 꽃잎 끝은 실파로 묶어 속이 빠지지 않게 옷고름 매듯 마무리를 해야 해.

가끔씩 이웃에 초대되었을 때, 대부분의 음식은 고정되어 있는 듯하다. 잡채, 전, 불고기, 나물…. 물론 맛이 있고, 담소하는 시간이 얼마나 좋은지 모두들 알고 있는 일이다. 그런데 나의 느낌은 음식에서 무엇인가 다른 것 하나둘을 만들어 올리면 어떨까 하는 생각을 하곤 한다. 식빵을 네모로 잘라 또 네 등분을 했다. 그 안에 양념한 새우를 올려 샌드위치처럼 포개서 찜통에 찐 다음, 살짝 튀겨 놓으니 너나 할 것 없이 좋아했다. 그 위에 파슬리 가루를 알맞게 뿌리고.

악센트처럼!

느낌표처럼!

모임이 있을 때마다 나의 기억에서 꺼내지는 것이 있다. 이숙녀 선배님의 댁에서 모였을 때, 음식이 담긴 접시에 흰 국화를 꺾어

장식하였는데, 어느 음식 코디네이션과 비길 수 없이 우아하고 식탁 전체의 어울림이 하나의 예술작품이었다.

친구들이 내 호박꽃 요리를 먹기 위해 우리 집을 방문할 계획을 세우는 동안에, 나는 사랑의 용기라는 꽃말을 되새기며 미국 사람들을 위해 닭가슴살에 치즈를 얹은 호박꽃 요리로 새로운 접시를 만들어 봐야겠다고 마음먹는다.

로즈마리 향기 그윽한 부엌에 앉아서.

전기 모기 박멸기

파리한 불빛에 모여든 부나비와 모기들이

전기판에 붙어 죽는 순간에

아마도 도레미의 레쯤 되는 소리로

레레레 레레레 반복되는 동안

밤이 깊어간다

아침에 산새들이 적당히 구워진 것들을 쪼아 먹고

쏠쏠쏠 쏠쏠쏠 반복하는 동안

레와 쏠의 간격만큼

죽음과 살아있음이

지지직하는 레와 배부른 쏠 사이에서

심장박동 소리로 존재한다는 생각이

참을 수 없는 시장기를 만든다

나는 기어이
파리한 불빛을 향해 발을 옮긴다
쏠쏠쏠 쏠쏠쏠 레레레 레레레

민달팽이

무기농 농사란 벌레와 나와 함께 나눠먹기를 하지 않는 이상, 나로서는 감당 못할 일이 한두 가지가 아니다. 우리 밭에는 달팽이와 민달팽이가 많아서 상추같이 연한 잎들은 순식간에 스위스 치즈처럼 구멍이 숭숭 난다. 어느 사람이 좋은 방법이 있다며 다음과 같이 일러주었다. 땅을 파고 오목한 그릇을 묻은 다음 맥주를 부어놓으면, 밤새 민달팽이들이 기어 들어와서 빠져죽는다는 것이었다. 저녁에 그렇게 해놓은 다음날 새벽에 이슬내린 밭에 나가보니, 오목한 그릇들이 모두 말끔히 비워져 있었다. 아~ 민달팽이가 빠져죽기 전에 어느 산동물이 와서 맥주를 다 마셔 버린 것이었다. 토끼였거나 두더지, 혹은 주홍색 여우였는지도 모른다. 나는 술 취한 녀석을 찾아 두리번거렸지만 눈에 띄지 않았다. 어디서 코고는 소리가 들려오는 듯 했지만 그것이 정말 코고는 소리

인지 벌레소리인지 구별이 가지 않았다. 나는 산기슭을 바라보며
커다란 소리로 웃었다.

BMW 한 대 못 굴린다며?

책을 읽고 있는데, 갑자기 개들이 한꺼번에 사납게 짖기 시작했다. 심상치 않는 느낌이 들어서 밖으로 나가니 낯선 자동차가 달빛을 받으며 쏜살같이 우리 집을 빠져나가 달아나는 것이었다. 요즈음 좀도둑이 심하다는데, 저녁 늦은 시간인데다가 집이 어두컴컴하니 아무도 없는 것으로 여겨 도둑이 차고 앞까지 왔다가 개 짖는 소리에 놀란 것으로 생각된다.

나는 문단속을 다시 한 번 하고 들어와서 집 안에 불을 환하게 밝히고 남편이 들어오기만 기다리고 앉아 있었다. 혼자 있을 때는 갓등 하나만 켜놓기 때문에 언제나 밖에서 보면 어둡다. 전기요금을 아끼기 위해서라기보다는 그것은 하나의 습관이다.

내가 대학 다닐 때 아버지는 은행의 전주지점장으로 계셨다. 여름방학이면 변산해수욕장이 가까우니 많은 시간을 전주에서 지냈다. 그 집은 대문을 열고 들어가면 문간채가 있고, 아름답게 꾸며진 정원을 지나 또 하나의 문이 안채로 들어서도록 나지막하게 서 있었다. 그 비밀스럽고도 우아한 기와집에는 비파나무가 사랑채 앞으로 서너 그루 있었다. 쪽문 밖으로 접시꽃이 길을 따라 피어 있고 회양목이 가지런하여 지날 때마다 꿈이 영그는 비밀의 정원을 상상하곤 했다.

어느 날 늦은 저녁이었는데, 방마다 환하게 불을 밝히고 시끌시끌 이야기하며 여름밤을 즐기는데 아버지 들어오시는 소리에 모두들 대청으로 몰려나갔다. 아버지께서는 사람이 없는 방에는 불을 끄고 앞으로는 전기를 아끼라고 말씀하셨는데, 집안일을 도와주던 아주머니가 "지점장님은 잔소리도 많으셔라. 나라에서 내주는 전깃값인데 환하게 해놓으면 답답한 내 속도 시원하고 좋은데요!"라고 말하는 바람에 우리 모두는 별수없이 벌을 서게 되었다.

'남의 것이라고 마구 써대고 나랏돈이라고 낭비하는 것이 큰 문제다. 나의 것은 마음대로 쓸 수 있겠지만, 남의 것은 더욱 아껴줄 줄 알아야 커서까지도 제대로 살아갈 수가 있다.' 시원치 않은 다리가 저려서 눈물이 날 지경이 될 때까지 무릎을 꿇어야 했다.

지금도 나는 자꾸만 불을 끈다. 갓등 안에 모이는 불빛은 나를 차분히 만들며 흰 종이 위에 나란히 적힌 글들이 내 마음속으로 걸어 들어오는 소리도 들린다. 어두울수록 빛나는 반딧불처럼 별빛처럼 소중한 빛을 찾아 만나는 것이다.

남편에게 도둑 이야기를 하자, "위험해서 그렇지. 우리 집에 들어와야 뭐 돈 될 만한 게 있어야지!" 하며 진돗개를 쓰다듬어 칭찬해주었다. 얼마 전 선배 한 분이 우리 집 소문을 들었는데 그 집에 가면 그림뿐이고 BMW 한 대 굴릴 재간도 없는 사람이라고 했다는 것이었다.

나는 그런 이야기를 들으면 기분이 상쾌해진다. 밍크코트 한 벌 없는 나는 "내가 에스키모냐? 짐승 죽인 털로 코트를 해 입게?" 하고 즐겨 대답했기 때문이다. 산부인과 의사들이 손쉽게 돈을 벌 수 있는 길은 인공유산하는 것인데, 남편은 말도 못 꺼내게 하며, '소리 없는 아우성'이라는 비디오테이프를 봤느냐고 반문하니 참 괜찮지 아니한가?

"만지면 툭하고 터질 것만 같은 그대, 봉선화라 부르리. …." '봉선화 연정'을 멋지게 부르는 노장 가수의 노래처럼 가슴속에 가득 잘 익은 씨앗을 여물게 하여 쏟아져 나올 것 같은 사람들이 좋다.

가까이 가서 말을 걸면 눈빛과 표정과 목소리에도 좋은 것으로 가득 차 있어 그 아름다움이 묻어날 것 같은 사람, 남의 것을 나의 것보다 더 아껴주는 사람들.

조금이라도 그런 사람들 틈에 끼어보기 위하여, 오늘도 둥근 갓 등의 불빛 아래에서 책을 읽으며 주위의 어둠을 고마워한다. 두려움으로부터 벗어날 수 있는 것은 환하게 불을 밝혀서 되는 것이 아니라, 내 안에 정직한 씨를 품어 제대로 영글게 노력하는 것이라는 생각을 하면서, 그리운 나의 아버지 모습을 떠올린다.

쇠비름이냐, 상추냐?

밭을 갈아엎어 상추씨를 뿌렸는데, 어찌 된 일인지 상추는 얼마 없고 모택동이 장수하려고 즐겨먹었다는 쇠비름이 온통 밭을 덮고 노란 꽃을 조금씩 피우기 시작했다. 나는 물끄러미 바라보다가 잠시 쇠비름을 먹고 오래오래 살 것인지, 아니면 상추를 먹기 위해 뿌리째 쇠비름을 뽑아낼 것인지 망설였다. 오래오래 살아서 증손자까지 보려고 쇠비름을 나물해 먹으면서 뿌리를 살려두면, 순식간에 상추는 온데간데없이 잡초에게 먹혀 버릴 것이었다. 살면서 이와 같이 선택해야 할 기로에 서는 적이 한두 번이 아니지. 이렇게 작은 일도 있지만, 생사를 결정해야 하는 일도 있었잖아? 오래 산다는 것은 또 뭔가? 쇠비름이냐, 상추냐?

이건 우스개같이 한 이야기지만, 하여튼 나는 상추를 선택했다. 현재, 오늘, 이 여름이 가장 중요할 테니까. 나는 쇠비름을 뿌리째

뽑아서 땅바닥에 털썩 주저앉아 나물을 다듬기 시작했다. 뿌리를 자르고 시든 잎은 떼어내고, 끓는 물에 소금을 약간 넣어 삶아서 초고추장양념을 해야지. 이 일이 끝나자 흙을 부드럽게 만들고 여름 상추씨를 덧뿌렸다. 검은 구름이 몰려왔다. 일기예보대로 한 차례 소나기가 내릴 것 같았다.

나는 시계를 보았다. 오늘 저녁에는 뉴저지 화랑에서 박준 사진전 리셉션이 있어서 가기로 마음먹고 있었다. 얼마 전 작가는 새로운 작품을 찍기 위해 사막여행을 떠난다는 이야기를 들었고, 나는 오늘 전시되는 작품에 대한 기대로 설레고 있었기 때문이었다. 갑자기 천둥 번개가 소나기를 무섭게 쏟아냈다.

나는 호미를 든 채 집으로 뛰쳐 들어왔다. 흠뻑 젖어서 거울을 보는데, 아! 머리가 하얗다. 이대로 나갈 수는 없는 일이었다. 이래 봬도 맨해튼에 모양을 내고 30년을 돌아다녔는데 오랜 만에 사람들이 모인 곳에 이 농부의 모습으로 나갈 수 없지.

농부는 살갗은 검고, 머리카락은 뜨거운 태양볕에 하얗게 바랜다. 아무리 정성들여 염색을 한다고 해도 어림도 없는 일이다. 나는 염색약을 찾았지만, 몇 달 전에 쓰던 반쯤 남은 것이 있을 뿐이었다. 치약처럼 두 개의 튜브를 짜내서 섞어 바르는 염색약을 앞부분에 대강 칠했다. 더울 때는 머리를 뒤로 질끈 동여매고 일하는 것이 가장 편해서 내 머리는 어깨 아래로 길게 자라 있으니 반도 채 남지 않은 염색약으로 전체를 한다는 것은 불가능하였다. 뭐, 누가 뒤통수를 보나?

거울 앞에 서니 그런 대로 흉한 것은 면한 것 같았다. 머리를 말리고 뒤로 질끈 동여매고, 그래도 괜찮은 머리핀으로 마무리하고 부리나케 집을 나섰다.

비가 조금씩 개이고 파란 하늘에는 뭉게구름이 밀려가고 있었다. 그래, 상추를 택한 것은 정말 잘한 일이야. 오늘이 중요하지. 오늘을 중요하게 생각하고 하루하루 살다보면 중요한 나날들을 간직하게 될 거야.

전시회에서 웨스트햄프턴의 바닷가 겨울풍경 두 점이 조용히 나를 불러 세웠다. 사람들이 와서 사진을 함께 찍자고 해서 그 사진 앞에서 포즈를 취했다. 앞머리 염색이라도 하고 오길 잘했어. 그러나 다음날 페이스북에는 화랑 측에서 올린 사진과 다른 사람들이 올린 사진들이 가득했는데, 순간 나는 너무나 당황했다. 내가 찍힌 사진은 단 한 장이 올라왔는데, 그것이 앞에서 찍은 게 아니고 스냅사진으로 옆면에서 내가 여럿이서 담소하는 모습이었다. 사진기술이 좋아서인지 앞머리와 옆머리는 아주 검게 그리고, 둥글게 매어 묶은 뒷머리는 거의 백발이 그대로 잘 찍혀 나왔기 때문에, 하필이면 그 많은 사진들 중에서 그게 올라온 것일까? 이 일을 어쩐다? 눈 가리고 아웅이라더니. 차라리 회색이 반쯤 섞인 모습으로 농부가 된 나 스스로를 자랑스럽게 여기고 나갔어야 했던 걸까?

나는 컴퓨터를 끄고 푸른 하늘에 여유롭게 흐르고 있는 뭉게구름을 바라보았다. 이렇게 시간에 쫓기면서 살 필요가 있나? 앞머리는 검고 뒷머리는 반백인 모습은 여유가 너무 없이 뜀박질하며 하늘과 바람과 반딧불, 그 많은 아름다움을 외면하고, 상추냐, 쇠비름이냐, 먹고 사는 일에만 열중하고 있는 것이네. 무엇을 먹으면 어떻단 말인가.

시골에 지천으로 깔린 산나물을 즐기며 내일부터는 천천히 걸어서 자연 속으로 들어가자. 거기 사슴이 만들어놓은 오솔길을 따라가서 샘물 앞에 다다를 때까지.

모기 잡을 때만 스스로를 때려?

순간
나의 오른손이
종아리를 세게 내려쳤다.
마지막 혈서를 쓰고
납작하게 죽어 있는 모기 한 마리
어제의 내 잘못을
꾸짖지 않고 눈감아 버린 부끄러움에
침을 놓더니
아.
손자국 난
가엾은 껍질만 벌겋다.

에게게 에게게

낮익은 여자가 안내 창구 앞으로 다가왔다. "진단서 한 장 떼려구요." 하길래 어디가 편찮으시냐고 묻자, 아픈 곳은 없는데 여행사에 의사 진단서를 제출하면 비행기 표 값을 환불 받을 수 있다는 것이었다. 우리는 "그런 것은 안 하는데요." 하고 대답하니 발끈 성을 내면서 돈 주면 될 것 아니냐는 것이었다. 좋지 않은 소리가 나오려는 것을 참고 미안하다고 말을 하고는 돌려보냈다.

그 여자만 탓할 것은 아니다. 언제부터인가 아파트를 구하려면 미리 돈을 주어야 일이 풀리고, 골프장에서도 예약시간을 빨리 하려고 돈을 슬쩍 건네준다든가 하는 것은, 우리가 어려서부터 보아온 예사로운 일인지 모른다.

돈으로 되는 일들 때문에 부탁해서는 안 될 일들을 부탁하고, 또 부탁을 들어주어야 한다는 이상한 방정식이 성립된 것이다. 돈이 결부되지 않은 경우에도 "어렵게 부탁했습니다." 혹은 "사정이 딱해서 그러니 이번 부탁은 꼭 들어주셔야겠습니다." 하는 경우가 종종 있다. 가능한 일이라면 서로 도와주면서 사는 일이 마땅하겠으나, 나를 난처하게 하는 경우가 많다. 그리고 거짓말을 해야 하는 일이나 정말 할 수가 없는 일이라서 안 되겠다고 이야기하면 섭섭히 여기고 좋던 사이가 멀어지는 경우도 생긴다. 생각할수록 억울한 일이다. 가까운 사이라고 생각해서, 해서는 안 되는 일을 당연히 해주리라고 여기는 사람들은 "잘 났다. 잘 났어. 양심적으로 실컷 살아봐라."는 악담까지도 하더라는 것이다.

내가 기르는 닭들은 그 크기를 셋으로 나눌 수 있다. 작년 봄부터 기르는 검정닭이 한 마리 있다. 그 다음은 올해 이른 봄에 가져온 일곱 마리의 중간 크기 녀석들이며, 늦봄에 가져온 귀여운 꼬마들도 일곱 마리다. 새벽이 되면 닭장에서 나와서 숲속을 돌아다니며 낙엽을 헤치고 벌레를 잡아먹는다. 그리고는 풀밭에서 쉬기도 하고, 더운 날에는 그늘을 찾아 모여서 논다. 해가 질 무렵이면 어김없이 닭장으로 들어가는데, 나는 문을 꼭꼭 잠가주고 산짐승들이 내려와서 밤 사이에 해치는 일이 없도록 해준다.

어제 밤 늦게 집에 돌아온 나는 여느 때처럼 닭장으로 갔다. 손전등을 들고 무서우니까 강아지들도 데리고 가까이 갔는데 닭장이 비어 있었다. 이게 웬일인가. 자세히 보니 문이 닫혀 있는데 오후에 비바람이 세차더니 바람에 저절로 문이 닫혀 버렸고, 닭들이 들어갈 수가 없었던 것이었다. 그러면 다들 어디에 있는 것인가?

호박이니 오이니 덩굴이 우거져 있고 산머루는 가시가 세서 따갑기 그지없는 닭장 주위를 손전등을 비추고 찾기 시작했다. 닭들은 밤이면 깊이 잠이 들어서 아무도 움직이는 소리조차 내지 않는다. 일곱 마리 중간 닭들이 단풍나무 낮은 가지 위에 나란히 잠들어 있는 것을 찾아내었다. 홰에 올라가서 잠드는 버릇을 생각해서 우선 나뭇가지들을 살핀 것이 맞아떨어진 것이다.

큰 검정닭이야 언제나 걸음걸이는 거만하고 제가 우두머리 노릇을 하니까 어디에선가 잘 있을 테지만, 아직 홰에 오르지도 못하는 작은 것들은 또 어디 있단 말인가? 한참 후에야 나는 참외밭에서 엉켜 잠들어 있는 귀여운 녀석들을 찾았는데, 더욱 나를 가슴 뛰게 한 것은 항상 거드름을 떨던 큰 검정닭이 나뭇가지를 찾아 오르지 않고 어린 것들을 가까이 모으고 함께 있었다는 것이다.

나는 어린 닭들에게 물었다.

"너희들이 큰 닭에게 무서우니 같이 자자고 부탁했었지?"

자다가 잠을 깬 작은 것들이 고개를 저으며 아니라고 대답했다.

"기특한 것 같으니라고, 부탁도 안 했는데. 알아서 지켜주느라고 침대에서 못 자고 불편한 잠을 자고 있었구나. 기특해라."

오늘 아침 나는 너무나 감격해서 얼굴과 마음까지 분홍빛으로 상기되어서 이사람 저사람에게 이 이야기를 하자, "에게게 에게게" 하며 나를 비웃고들 있었다. 그리고 손가락을 머리 옆에 대고 동글동글 돌리는 것으로 보아, 나를 좀 돈 사람이라고 말하는 것이었다.

나도 잘 모를 일이다. 난 닭들에게 물어볼 것들이 너무 많아서 일을 다해 놓지도 않고 서둘러 퇴근하였다. 빨리 가고 싶은 마음에 자꾸 과속으로 차를 몰고 싶은 내가 아마도 이상한 사람인지 모른다는 새초롬한 즐거움이 저녁 하늘에 배어들고 있었다. 바람이 숲을 흔들고 지나자, 작은 열매들이 익어 가는 향기가 뒤뜰에 파도처럼 다가왔다. 나는 한여름 저녁을 가로지르며 닭장으로 뛰어갔다.

만일 여윳돈이 생긴다면…

허드슨 강가에 위치한 전시장에는 수많은 사람들이 붐비고 있었다. Architectural Digest Home Design Show. 권위 있는 잡지사 주체에 걸맞게 실내장식에 필요한 물건들이 정말 감탄할 만 했다. 통나무를 잘라서 나이테와 나뭇결이 만들어낸 하나의 추상화, 거기에 출렁이는 물결까지 곁들인 듯한 탁자들이 예술가들의 꿈을 풀어놓은 듯하였다. 게다가 식당을 주제로 하나하나 꾸며 여러 개의 방을 만들어 놓았는데, 거기 앉으면 끝없는 동화이야기가 들려올 것만 같았다. 막내아들은 카메라를 들여대고 여러 각도에서 찍어대는 동안, 나는 밧줄과 통나무를 엮어 만든 장식품과 조각품 등 철없는 아이가 잠자리 떼를 쫓듯 그렇게 즐거운 시간을 보냈다.

만일 여윳돈이 생긴다면 무엇을 하시겠습니까? 아, 그것은 너무 광범위하다. 여윳돈으로 집안 장식에 쓰시라면, 어떤 이는 부엄 용품을 바꿀 것이고, 다른 이는 커튼을 새로 바꿀지 모르지. 또는 방문의 모든 손잡이를 유리 깎아 만든 것으로 다 바꾸기도 하겠지. 나라면… 나 같으면, 물론 그림이나 조각품 하나를 살 것이다.

언젠가 응접실과 식당의 페인트칠을 새로 하기 위해서 모든 그림들을 떼어냈던 적이 있었는데, 그 광경이야말로 살벌하기 그지없었다. 그래서 마음까지도 허허롭고 페인트가 다 마르고 그림이 제자리에 걸릴 때까지 예기치 못한 낯설음으로 당황했었다. 그리고 새로운 조각 한 점을 가져다가 현관 앞에 세웠을 때 느끼는 반가움은 신선하였다.

새로 좋은 집을 사서 이사했다고 집들이하는 댁에 초대되어 가게 되었을 때 일이다. 그 집은 정말 훌륭했다. "집처럼 좋은 투자가 없어요!" 하면서 주인이 손님들에게 방마다 열어 보이고 자랑을 하였는데, 나는 내심 참으로 섭섭했다. 왜냐하면 2층까지 높게 트인 천정에는 노란 싸구려 전등이 달려 있고, 현관 앞에는 세 쪽짜리 거울에 억새가 뿌옇게 덧칠해 놓은 장식이며, 더욱 놀라운 것은 일 년 후에 다시 그 댁을 방문하게 되었을 때였다. 넓은 벽에 사막을 거니는 세 마리의 낙타를 수놓은 카펫 한 장이 걸렸을 뿐, 모든 것은 그대로 있었기 때문이었다.

어느 실내장식 잡지에서 읽은 것인데, "백만 불짜리 집을 사서, 싸구려 실내장식을 하고 집값 오르기만 기다리면서 살지 말 것. 인생은 짧다. 칠십만 불짜리 집을 사고, 삼십만 불 어치의 그림과 가구를 사서 기분 좋게 사는 것이 짧은 인생을 굵직하게 만드는 것이다."라는 글이었다. 백 번 지당하신 말씀이다. 어디 그것이 집

뿐이랴. 사람이 좋은 책을 읽고, 예술과 함께 생활하며 가끔씩 연극도 보면서 짧은 삶을 굵게 만드는 여유. 나는 지난 크리스마스에 막내딸 내외와 호두까기 인형을 관람했었는데, 귀머거리인 내가 거기 간 이유는 아마도 추억 속으로 달음질치는 기쁨 때문이었을 것이다. 그리고 짧은 인생이 조금 굵어지게 하기 위해서 대궐 같은 집에 그 후로 한 번도 초대되지 못했는데, 주인 말씀대로라면 지금쯤 그 집값이 어마어마하게 올랐을 것이고, 그래서 무척 행복하게 살았는지, 조금은 궁금하다.

파란 눈의 메리

벼룩시장에 가는 일도 즐거운 일 중에 하나이다. 오늘은 화창한 11월, 브루클린 다리 밑에 열린 벼룩시장에 갔다. 시장을 두루 다니며 수공예며 목걸이, 털장갑을 구경하고, 이태리국수용품집에서 삶아먹기도 아까운 예쁜 모양의 국수를 샀다. 마지막으로 백인 여자가 갖가지 맛을 내는 소금을 사각병에 넣어 독특한 상표를 디자인해 붙여서 팔고 있는 좌판 앞에 서자 메리가 나를 반겨 맞이했다. 그 여자와는 잘 알기 때문에 오늘도 어김없이 컵라면을 사가지고 갔다. 메리는 손님이 없는 시간이면 아이폰으로 한국연속극을 보는 것이 취미이며, 그렇게 재미있을 수가 없다는 것이다. 물론 내가 좋아하는 '미남이세요'도 꼭 보라고 추천을 해주었었는데, 요즈음은 '착한 남자'를 본다고 한다. 그녀가 두 번째로 좋아하는 것은 컵라면이다. 한국연속극에서는 라면 먹는 장면이 많이 나오는데, 그것이 어떤 음식이냐고 묻기에, 벼룩시장에서 뜨거운 물만 부으면 먹을 수 있는 컵라면을 사다준 후부터 우리는 컵라면친구가 되었다. 오늘은 아이스크림에 조금 넣어먹으면 맛있다는 보랏빛소금 한 병을 샀다. 한국 사람들은 김치를 꼭 먹는다는데 먹어보고 싶다고 하였다. 그래서 내가 다음에는 김치를 가져다줄 테니 먹어보고, 맛이 있으면 소금장수를 그만두고, 나하고 김치와 라면집을 열면 어떻겠느냐고 농담을 주고받았다. 지금 중학생이 된 외동딸을 임신했다는 것은 알아차린 남자친구가 줄행랑을 친 후부터 소금을 팔며 딸을 기르고 있다는 메리. 그러면서도 한없이 재잘거리며 웃음을 잃지 않는 그녀를 만나면, 어쩐지 파란 눈의 메리가 아니라, 내 고국의 사촌동생이라도 만난 듯 즐거운 시간을 보내게 된다. 푸른 하늘이 더욱 푸르른 오후였다.

뽕잎차

몇 해 전 심은 뒷마당의 뽕나무 세 그루에 오디가 많이 달려 있었다. 익으면 떡빛깔을 내는 데도 넣고, 쨈도 만들 생각으로 즐거움에 들떴다.

바람 한 점 없는 초여름인데, 뽕나무가 심한 파도 일듯 흔들려 자세히 보니 뒷산 사는 모든 다람쥐 떼가 오르내리며 오디를 먹어 치우고 있었다. 물론 내 작은 즐거움까지도 뽕잎도 서걱서걱 먹어 치우고.

다음해부터 나는 오디는 다람쥐에게 주기로 하고, 뽕잎차와 뽕나무가지차를 미리 만든다. 초봄부터 단오까지 뜯어 말린 쑥차가 한 광주리요, 뽕잎차가 반 광주리다. 그나저나 이 뽕잎차를 다 마시고 나면, 누에처럼 비단실은 못 뽑아내더라도 내 마음이 비단결처럼 부드러워지기를 기대한다. 즐거운 생각이다.

두 가지의 아르바이트

1. 초등학교 두 남자아이 형제의 가정교사를 대학 4년 내내 했다. 아니, 아이들의 어머니가 "선생님만 믿어요!" 하며 놓아주지 않아서 대학 졸업하고 출판사에 다니면서도 계속해서 둘 다 중학교에 입학시켰다. 그 어머니는 명동에서 다방을 했는데, 월급을 타러 다방에 가면 봉투 외에 미제 코티 분을 내 가방 속에 넣어주며, "이건 진짜 미제라우!"라는 말도 잊지 않았다. 그 당시에는 남대문시장 안의 도깨비시장에서 가짜 미제가 판을 쳤으니 진짜 미제 구하기가 쉽지 않았나 보다. 지금 오십대 후반이 되었겠지. 내가 좋은 가정교사로 불리었던 것은, 똑같은 질문을 여러 번 해도 처음처럼 대답을 해주며 나무라지 않는 데 있었다. 학생 지도를 하다 보면 금방 알아듣는 아이도 있지만, 둔해서 여러 번 반복해야 하는 경우에 절대로 짜증을 내거나, 그것도 모르냐고 똑같은 것을

몇 번 묻느냐고 하지 않았다. 약국에 들렀는데 코티 분을 보니 그분의 정다운 모습이 기억난다.

2. 교수로부터 나의 글씨가 활자보다 더 아름답고 깨끗하다는 추천서를 가지고 어느 영화사에 갔다. 영화 대본 한 뭉치를 건네받았는데, 글씨가 너무 엉망이라 연기자들이 읽을 수가 없어서 나는 그 시나리오를 백지에 옮겨 적는 일을 했다. 그 일은 참으로 힘들었던 것이 읽기도 어렵거니와, 언제까지 가져와야 한다는 날짜가 언제나 촉박했기 때문이었다. 하지만 일이 끝날 때마다 두둑한 용돈이 생기는 것이 좋았다. 도서실에 앉아 가운데 손가락에 못이 박히도록 일감이 많았던 것이 내 글씨가 빼어나기 때문이라고 모두들 칭찬을 했다.

아주 어려서부터 나는 서예가이신 아버지 앞에서 먹을 갈았다. 연적에서 물 몇 방울을 벼루에 떨어뜨리고 질지도 되지도 않은 먹물을 만들었다. 그리고 신문지 위에 붓글씨 연습을 했다.

그때 좋은 시나리오작가들이 시나리오를 써보라고 여러 번 충고를 하며 지도 받기를 권했는데, 박두진 교수의 「해」라는 시를 비롯해 시에 매혹된 나는, 시 아니면 안 쓴다는 대책 없는 고집을 부렸다. 후회되는 일이다.

기회는 쉽게 오지 않는다. 하지만 지금 영화 〈노트북〉을 보면서 옛 생각을 하는 이 시간이 참으로 행복하다.

지갑 내놔!

미국에는 연일 총기사고로 뉴스를 틀기 겁이 난다.

하기야, 나도 뉴욕의 퀸즈 집 앞에서 권총강도를 당했으니까. 그것도 한국 2세들에게 말이다.

1973년, 남편을 따라 이민길에 오르기 전에 친구 하나가 나에게 이런 말을 했다. '미국에 가면 캐딜락이라는 차가 있는데, 진동이 없이 너무 좋은 차라서 컵에 물을 가득 담고 운전을 해도 물이 조금도 쏟아지지 않는다더라.' 그런 터무니없는 기대를 가지고 뉴욕에 도착했지만, 모든 것은 여의치 않았다. 자동차가 문제가 아니라 내가 살던 브루클린의 차도는 여기저기 구멍이 나 있고 땜질되어 있으니, 마치 누더기를 짜깁기해 놓은 모습이었다. 얌전히 운전을 해도 가끔씩 나까지도 들렸다가 떨어지는 것이었다.

그래도 캐딜락이라는 차에 대한 미련을 버리지 못하고, 그런대로 안정되어 퀸즈의 더글라스톤에 작은 집을 마련하게 되자 내친 김에 하얀색 캐딜락을 사고야 말았다. 그리고 한 달 정도 멋진 차를 타고 출퇴근을 하며, 그동안의 고생 끝에 낙이 있다는 말을 실감할 때쯤이었겠지.

차를 차고 앞에 세우고 대문 쪽으로 올라가는데, 앞에서 선글라스를 쓴 두 명의 아이들이 내려오고 있었다. 어두워지는 시간에 무슨 선글라스를 하는 순간 한 녀석이 앞서 걷던 남편을 뒷머리에 권총을 들이대고, "지갑 내놔." 하는 것이었다. 남편이 침착하게 돈만 가져가고 면허증 같은 것은 돌려달라고 하지만, 고개를 흔들며 지갑을 낚아채는 순간, 또 한 녀석이 내 핸드백을 가로챘다. 내가 엉겁결에 소리 지르며 핸드백을 움켜쥐자, 핸드백 끈으로 내 목을 조르는 것이었다. 나는 그 자리에 쓰러졌고, 비명소리에 놀란 이웃들이 뛰쳐나오자, 길 건너에 대기하고 있던 붉은 색의 낡은 차를 타고 모두들 뺑소니쳤다고 했다. 경찰들이 몰려왔다.

고등학교 정도의 아이들이었는데, 뒤에 아이들을 조정하는 어른 갱단이 있다는 것이었다. 병아리들은 멋모르고 개나리꽃을 입에 물고 놀고 있을 때, 까마귀들이 내려와서 순식간에 채 올라간다. 그리고 아주 높은 곳에서 떨어뜨리고 죽으면, 내려와서 쪼아먹는 까마귀들을 생각했다. 뒤에 어른들의 갱단이 있다니!!

나는 총에 대한 뉴스가 뜨면, 꼭 그때의 상황이 기억되고 온몸이 아프다. 그리고 두 가지 생각에 고정된다. 왜 어린 학생들이 권총을 사람의 뒤통수에 들이대고 가죽 끈으로 힘껏 사람의 목을 조르게 되었을까 하는 것. 또 하나는 내가 목이 졸리고 얼마 후에 온몸의 기운이 빠져나갔고, 핸드백 끈이 풀려 쓰러지면서 활화산의 선홍색 같은 불덩어리가 스쳐가는 것을 느꼈는데, 그것이 무엇일까 하는 것이다.

그 일이 있은 후 얼마 안 있어 캐딜락을 다른 차로 바꾸고 나니 터무니없던 꿈 한 조각이 별이 되어 멀리 떠나버린 듯 시원하고도 섭섭했다.

가지 튀김

아이들의 생일은 좋은 기억을 차곡차곡 쌓아주어야 한다. 이 세상에 너희들이 태어나서 얼마나 좋은지, 생일을 손꼽아 기다리도록 정성스런 준비도 필요하다. 나는 더 한 가지 보태서, 이 세상에 태어나게 한 엄마에게 고마워해야 한다고 은근히 주입시킨 결과로 '꼭지 눌러 절 받기' 식이 되었지만, 생일을 맞은 아이들이 나에게 카드와 작은 선물을 잊는 적이 없다.

그 날은 큰딸의 생일인데 토요일이니 낮에는 바나나 생일케이크를 함께 굽고 풍선장식을 하며 지내다가, 저녁식사는 좋은 식당에 예약을 해놓았다. 예상했던 대로 남편은 공부가 밀려서 집에 있겠다는 것이었다. 이른 저녁을 준비해주고, 나는 아이들과 자유로운 외출로 기분이 상쾌했다.

마음껏 즐거운 시간에 모두들 희희낙락해서 집으로 들어서는

데, 무언가 기분이 이상했다. 탄내가 진동해서 보니, 남편은 기진맥진해서 식탁의자에 앉아 있고, 부엌에 불이 나서 혼자 불을 끄느라고 완전히 아수라장이었다. 우리를 보자마자 어디들 갔다가 이제 오느냐고 버럭 화를 내고는 방으로 쿵쾅대며 올라가버리는 것이 아닌가.

다음날 설명을 할 때까지도 찌푸리고 있는 남편을 보고 있자니, 속이 뒤집히는 것을 참고 들었다. 가족이 오손도손 1년에 몇 번 안 되는 생일 저녁식사를 함께 하러 갈 시간이 없는 것도 미안해야 할 일이다. 또한 불을 낸 것도 자기의 실수인데, 왜 나와 아이들이 잘못한 사람처럼 숨을 죽여야 하는지 모를 일이었다.

공부를 하다가 출출해서 부엌에 내려와 냉장고를 여니 내가 튀김반죽에 가지를 썰어 담아놓은 것이 보이더란다. 저녁에 해준 가지튀김이 너무 맛있었기에 좀 더 튀겨 먹으려고 기름그릇을 올리고 가스불을 켜놓고 나니 달빛이 너무 좋더라는 것이었다. 뒤뜰에 나가 있는데, 조금 후 쫓아 나온 개가 부엌을 향해 짖으며 뛰더란다. 부엌을 보니 불이 났더라는 것이다. 달빛과 산에서 부는 가을바람에 시장기도 잊었으리라.

계란 하나도 제대로 삶을 줄 모르고 그야말로 컵라면에 끓는 물 부어 먹는 것밖에 모르는 사람이 가지를 튀길 요량이었다니! 기름이 너무 뜨거워 불이 나서는 부엌 캐비닛이 몇 개가 타고, 기름 탄 검댕이가 부엌뿐만 아니라 거실 벽까지 거무죽죽하게 뒤덮었으니, 우리 기특한 강아지들이 아니었다면 어찌 되었을까.

그 이쁜 녀석들.

일본에서 뉴욕으로 이사 온 사람이 두 마리의 강아지를 바구니에 넣어가지고 나를 찾아왔었다. "개를 너무 좋아하신다고 해서" 라고 말을 시작하며 내려놓자, 나는 얼른 내 품에 꼭 안아주었다. 미미와 솔솔이 두 마리는 무럭무럭 컸고, 볼보다 더 납작한 코를 가진 미미가 새끼를 뱄다. 배가 자꾸 불러 걸으면 배가 땅에 닿아 걷기조차 힘겨워했다. 어느 날 밤 한 시 쯤 되어 2층에서 나의 침실 문을 긁는 소리가 나서 뛰어 일어나 문을 여니, 미미가 나를 올려다보고 있었다. 아래층에서 여남은 개 되는 층계를 하나하나 어렵게 올라와 나를 찾는 것이었다. 나는 품에 안아 아래층으로 데리고 갔다. 새끼를 낳게 되자 나를 부르러 올라온 것이었다. 그리고 힘을 주면서 끙끙거리고 힘이 들면 나를 쳐다보았다. 한 마리를 낳고 태반을 이빨로 뜯어 삼키고 혀로 깨끗이 닦아놓고 다시 힘을 주기를 시작했다. 그리고 아침 8시에 다섯째 새끼를 낳았다. 이날의 기억이 나에게 있어서 가장 소중하고도 따스한 것이다.

　그러나 개들은 먼저 주인을 떠나야만 한다. 미미도 솔솔이도 내 무릎 위에서 죽었다.

　나는 불이 난 이후로 가지튀김을 하지 않는다. 그 날의 미움이 아직도 풀리지 않은 탓이다.

　어느 날 나는 좋은 꿈을 꾸었다. 들꽃 가득하고 파란 하늘에 조개구름 아름다운 초원을 티벳탄 스파니엘 두 마리의 개와 함께 산보하고 있었다. 미미와 쏠쏠. 햇살에 반짝이는 베이지색 긴 털을 잔바람에 흩날리며 나를 따라오고 있었다.

　새끼를 낳을 때 옆에서 지켜주어서 고마워요. 미미가 나를 쳐다 보았다. 그 많은 층계를 배를 끌며 올라와서 방문을 두들긴 네가 있어서, 네가 나를 그렇게 믿고 따라주어서 고맙구나.

　꿈에서 미미와 솔솔이를 다시 만나면, 언제쯤 내가 가지 튀김을 다시 할 마음이 생길지 물어봐야지.

내가 빵을 구우면 산새들도 창가에 앉는다

로즈마리. 가을의 신부에게 들국화와 로즈마리를 엮어 조개구름 무늬진 망사 천에 다발지어 건네면 좋으리. 향기로운 로즈마리. 내 창가의 하늘색 화분에서 하늘을 우러르며 자라난다. 오늘은 빵을 굽는다. 알맞은 반죽에 올리브유를 듬뿍 바른 후 로즈마리 잎사귀 겹겹이 올려놓고 뜨거워진 오븐에 넣는다. 마치 송편을 찔 때 솔잎을 깔듯 어디선가 실려 오는 고향의 멍석 위에서 두런거리는 우리들의 대화.

숲에서 가을을 노래하는 새들, 빵 굽는 냄새에 꽃피듯 피어나는 로즈마리향이 오늘 오후의 발코니에 꽃잎무늬로 너희를 반긴다. 내가 빵을 구우면 산새들도 창가에 앉는다.

내가 나는 새와 우정을 나누는 동안, 어느새 다가오는 그대의 발자국. 낙엽 밟는 발자국 소리가 들린다.

가까이 오라, 우리도 언젠가는 낙엽이니 가까이 오라, 밤이 오고 바람이 분다.

시몬 너는 좋으냐, 낙엽 밟는 소리가.

첼시 화랑에서

전시장에 좀 늦게 도착했다. 여러 사람들과 인사를 나누고 좋은 그림 앞에서 사진도 찍고 나오려는데, 김봉중 화백이 들어왔다. 또 한참을 머물다가 첼시의 다른 화랑들도 보기 위해서 김봉중 화백과 함께 나왔다. 화랑마다 발 디딜 틈 없이 붐비고 있었다. 젊은 김화백이 어찌나 빨리 걷는지 천천히 걸으라고 할 수도 없으니 열심히 뛰듯 쫓아가는 수밖에 더 있는가?

내가 처음으로 화랑에 가게 된 고등학교 1학년 때다. 한국은행의 아버지 사무실로 오라는 전갈을 받고 찾아갔을 때, 아버지는 "이제 고등학생이 되었으니 그림도 열심히 보기 시작해야지." 하시며 길 건너 명동의 어느 화랑으로 나를 데리고 가셨다. 유경채 교수님의 개인전이었는데, 나는 그림 앞에서 무너지는 느낌으로, 전시가 끝나는 날까지 매일 그곳에 가서 그렇게 서 있었다. 어느 날 전시는 끝나고 꼭 내 방에 걸고 싶었던 그림도 다시는 볼 수 없게 되었다. 마치 사랑이 떠나버린 듯한 쓸쓸함으로 오랫동안 가라앉은 듯했다. 그때부터 내가 대학을 졸업해서 미국에 올 때까지 서울에서 있는 전시회는 거의 보았다고 해도 과언이 아니다. 그리고 뉴욕에 와서 여태껏 많은 화랑을 다녔다.

요즈음 페북에는 수많은 노래들이 올라온다. 어떤 가수의 공연에서는 홍을 가누지 못하는 사람들이 춤도 준다. 어떤 사람들은 우울할 때 좋은 음악을 듣는다. 나는 그림 앞에 서면 이와 같이 여러 가지 감정이 나를 흔들어, 기립박수를 치고 싶은 경우가 종종 있다. 오늘 첼시의 여러 화랑을 돌면서, 참으로 그림 앞에 서서 작품을 자세히 보고 있는 나 스스로가 참.으.로.행.복.하.다. 그런 벅차오르는 느낌을 받았다.

밖은 어둡고, 버스정류장에서 김화백과 헤어졌다. 좋은 그림 많이 그리세요. 젊은 화가님! 저는 미술하는 양반들이 참으로 좋고 부럽습니다. 버스 차창 밖을 내다보며 손을 흔들었다.

수암골에 다녀와서

　내가 수암골에 내려간 것은 내 사진을 찍으려는 것이 아니었다. 나는 사진 찍히는 것은 체질적으로 싫어해서 변변한 사진도 없다. 아이들이 피할 시간도 주지 않고 휴대폰으로 찍어 올리는 것들이 대부분이고, 페플 사진도 딸아이 결혼 때 사돈마님과 이야기하는 스냅사진을 잘라 올렸다.

　수암골 사진관에서 올라오는 사진을 계속 보면서, 많은 사진의 배경처리가 남달리 아름다웠으며, 모델의 표정에서 나오는 표현할 수 없는 백치 같은 단조로움이 내 마음을 사로잡기 시작했다. 그러던 중 교보생명에서 보낸 '대한민국 아트투어'라는 안내책자를 발견했다.

　"벽화 속에 꿈을 피우는 달동네, 청주 수암골 벽화마을. 청주의 대표적인 달동네인 수암골은 원래 피난민 거주지였다. 처음 수암골이 사람들에게 알린 것은 드라마 〈카인과 아벨〉 촬영지로 알려지면서부터였다. 그러나 지금은 골목골목을 수놓은 아름다운 벽화들로 유명세를 타고 있다. 허름한 담벼락은, 이를 드러내며 웃고 있는 아이들의 함박웃음으로 단장하고, 전깃줄 수백가락이 얽혀 있는 전봇대는, 전봇대를 타고 오르는 소녀의 장난스러운 뒷모습으로 장식됐다. 사람 한 명 지나가기에도 좁은 골목길마저 다채로운 색깔옷을 입었다. 드라마 〈제빵왕 김탁구〉 촬영지였던 팔봉제빵점도 꼭 돌아봐야 할 코스다. 옛날 생각이 나는 크림빵과 단팥빵을 손에 들고 옛날 냄새 물씬 나는 벽화마을을 천천히 산책해보자."

조카내외와 차를 타고 수암골로 떠나기 전에, 두 가지 의문이 생겼다. '왜 사진관이 시내 한복판에 있어야지 달동네에 위치하고 있는가' 하는 것이 그 첫째며, '왜 하고 많은 곳을 놓아두고 그 달동네에서 드라마를 촬영하느냐는 것이 어떤 매력이 있어서일까' 하는 또 다른 기대였다. 나는 뉴욕의 롱아일랜드의 거대한 건물이 다 벽화로 되어 있는 벽화마을의 신비를 좋아하는데, 거기에 비하면 아무것도 아니었다. 동네는 정말 옛 피난처의 모습이 그대로 드러나 있었다. 예술가인 부부가 허술한 집을 월세 십만 원에 얻어서 손수 집을 고치고 있었다. 그 남자가 말했다. 하루하루 지낼수록 마음이 편해지는 이상한 느낌이 드는 곳이라고. 그들이 그 집에서 만들어내는 작품들이 남다른 것이 되기를….

나의 페친 정만희 감독님의 스튜디오는 느낌 있는 장식, 말하자면 도자기와 지붕에 매달린 풍경, 조각품과 수많은 소품, 그리고 다소곳한 화분에 담긴 화초들과 커피잔까지 오래된 친구를 맞이하듯 정돈되어 있고 다정했다. 그동안 찍은 인물사진 작품들이 크고 작게 걸려 있었다. 나는 천천히 그리고 자세히 들여다보았다. 문뜩 나도 그런 아름다운 사진 한 장쯤은 갖고 싶다는 생각이 들었다.

카메라를 손에 들자, 정 감독님은 완전히 한 사람의 예술가가 되어 있었다. 그의 눈빛이 집중되고, 그는 한 장의 좋은 사진을 만들기 위해서 나의 표정에 대해서 말하기 시작했다.

그 단어들을 여기에 옮길 수 없지만 내 표정에 담긴 그 가면을 벗어 버리라. 모든 상념을 털어내라. 그래서 원시의 인간모습을 되찾아보라 하는 뜻이었다.

나는 그 분의 요구대로 내 표정을 바꿀 수 없다는 것을 미리 알았고, 정 감독님도 더 이상 내가 좋은 표정을 만드는 것이 불가능하다는 결정을 내린 것을 느꼈을 그 순간에 사진 찍기를 중단했다. 아마도 한 시간 이상을 소요했을 것이다.

나는 농담하는 말투로 그 실망스러운 순간들을 무마하려고 노력했고, 우리 네 사람은 여러 가지 이야기를 나누었다. 속으로 사진 예술가의 그 치열한 노력에 대해서, 또한 좋은 작품을 만들려는 그 열정에 대해서 생각했다. 그리고 아무나 할 수 있는 것이 아니라는 것을 느꼈다. 나는 사진관이라면 가족사진을 찍기 위해서 비단 씌운 소파와 우아한 배경을 생각할 수 있을 뿐이었다. 그리고 나란히… 약간의 웃음을 지으면 그것으로 끝나는 사진이 사진관에서 만드는 것이라고 알고 있었다. 한 장의 사진을 찍기 위해서 오래되어 흙밭이나 바랜 배경을 찾아다니고 옷빛깔과 벽화의 조화를 생각하며 벽돌 틈을 기어 나와 크는 풀잎의 푸르름에까지 시선을 멎게 하는 그의 세계를 가늠해 보았다. 수암골에 흐르는 빛깔과 내가 알 수 없는 깊이 깃든 그림자까지도 찾아 거기 머무를지도 모르는 그만의 예술세계일 것이라고 어렴풋이 짐작할 뿐이었다.

다행히도 정 감독님의 페북이 올린 그 한 장을 만들었지만, 내가 자세히 들여다보아도 그것은 나의 진정한 모습이 아니다. 나의 시(詩)에서 "나에게까지 남이 되어 버린 나를 위하여"라든지 "거울 면에서 멀어질수록 멀어져 가는 / 또 하나의 나는 / 오늘을 탈출하고 싶은 진정한 나이다" 등을 발견할 수 있다. 나는 나의 겉모습을 털어버리고 진정한 내 모습을 보이라고. 그래야 좋은 사진을 찍을 수 있다고 단호하게 말하던 것에 대해서 오늘은 더 이상 그것이 내 뜻이 아니라고 말할 수 없다. 나는 이 세상에서 흐트러짐 없이 행동하여야 한다는 생각으로 나 자신을 만들어 왔다. 그래서 화를 참아내고 조용한 눈빛을 만들 수도 있으며, 많이 배운 사람 앞에서의 태도와 그렇지 못한 사람과의 대화를 허점 없이 소화할 수 있는 능력이 있다. 그뿐 아니다. 나는 내가 쓰는 글에도 어떠한 단어를 써야 사람들이 부드러운 마음으로 혹은 유쾌하게 내 글을 읽으리라는 것도 잘 안다. 나는 술을 마시지 않는다. 모임에서 사람들은 맨정신으로 앉아 취한 자기네들을 바라보는 나 때문에 술맛이 떨어진다고 이야기할 때도 있지만, 나는 술을 삼키면 그대로 코를 고니 마실 수 없어서, 때로는 알코올 없이도 분위기에 취할 수 있는 특수한 체질이라는 등 웃어넘긴다. 그러나 그 이유는 내가 취해서 뜻하지 않은 불상사가 일어나 내보이게 될지도 모르는 헝클어지고 구겨진 나를 절대로 보일 수 없다는 결단 같은 것이다. 결론을 말하자면 나는 무슨 내가 원하는 석고상을 머릿속에 우상처럼 만들고 다듬고 다듬으며 살아왔기 때문에, 진정한 나와, 겉으로 나타나는 나는 무척 다르다는 것이며, 여태껏 그 사실에 대해서 흐뭇하기까지 했다. 그러나 내가 대통령 후보로 나오는 것도 아닌데, 왜 표정에 신경 쓰고 내 행동과 말투와 웃음까지도 철저하게 관리한담. '무슨 꼴이야?' 하는 생각으로 혼돈스럽다. 정 감독님이 허물어라 털어내라 하는 집요한 눈초리를 외면할 수 없는 것은 또 뭔가? 드디어 나는 한번쯤은 나를 부수어낸 내 모습을 드러내야 진실되게 사는 것이 아니냐는 생각. 아니, 그보다도 새로운 환경을 다시 만들어 내 진정한 모습으로 살아보고 싶어 하는 또 하나의 나를 보고야 말았던 것이다. 아마도 그런 조건을 만나기에는 너무 시간이 흘러버렸다는 것도 알고 있어서 오늘은 참으로 허전하고 답답하다.

청담동에서

청담동 네거리를 중심으로 한 갤러리들을 하나씩 하나씩 아주 천천히 돌며 좋은 작품들로 나의 마음은 파도처럼 출렁였다. 바다가 그리움으로 속살대는 오후, 압구정을 향해 길을 걸었다. 뉴욕의 오번가의 상호가 거리를 메우고 있었다. 쇼윈도의 구두들이 보인다. Salvatore Ferragamo.

나는 뉴욕에 살기 때문에, 서울에서 오는 손님들을 안내하는 경우가 종종 있다. 하루는 친척분에게서 소개를 받았다는 여류소설가를 만나게 되었고, 그녀의 소설에 대해서, 여행지에서의 낭만에 대해서, 많은 이야기를 주고받을 기회가 있었다.

"곧 뉴욕을 떠나시는데, 특별히 가보고 싶은 곳이 있으세요?"라고 묻자 서슴없이 "바닷가요."라고 대답을 했다. 바닷가가 가까운 롱아일랜드에 살고 있는 나로서는 금방 어느 바닷가로 갈 것인지 잘 알고 있었지만 가을 바다라니? 겨울바다라면 아스라이 다가오는 그 떨림과 바닷물에 닿으면 녹아버리는 눈송이들의 흔들림이 있어 바다를 향해 서 있는 것을 좋아한다. 그러나 가을에는 바다에 가보고 싶다는 생각을 하지 않았다. 가을이면 산으로 향하는 내가 너무 보편화된 편견을 가진 것인가? 나는 그녀에게 "바닷가는 바람이 차니 두꺼운 옷을 준비하세요."라고 말해 주었다.

다음날 오전, 바닷가에 도착했다. 나는 이내 저 멀리 보이는 바닷가를 향해 맨발로 뛰어가고 싶어 안달이 나기 시작했다. 차에서 내린 그녀가 신은 구두는 고운 빛과 멋이 눈부신 것이었고, 내 시선을 느낀 그녀는 "아, 어제 오번가에 나가서 페라가모에서 산 구두예요." 하고 대답했다. '바닷가에 오는데?' 나는 그래도 그녀가 페라가모 구두를 벗어들고 나와 함께 끝없이 누워 있는 모래사장을 걸어 파도를 손으로 만지며 파도소리를 들을 것이라고 생각했지만, 그녀는 먼 곳에 있는 바다를 바라볼 뿐이었다. 나는 이내 그녀가 바다를 만나러온 것이 아니라 뉴욕의 바닷가에 갔었다는 느낌을 생생하게 '그녀의 소설에 풀어놓는 것이 아닌가?' 하는 두려움이 앞섰다. 그리고 끝내 그녀는 신발을 벗지 않았다.

나는 추운데 따뜻한 곳으로 가서 점심을 하자고 제안했고 기다렸다는 듯이 내 차에 올라탔다. 나는 그녀의 글 속의 묘사들에게 속아 넘어간 것 같은 이상한 울분을 참아내면서 페라가모를 신은 공주에 걸맞는 바닷가의 고급식당으로 안내했다. 우리는 서양요리를 먹으며 멀리 바닷가에 오가는 요트를 바라보고 즐거운 듯 만족한 듯 대화를 나누는데, 그녀는 오번가의 잊지 못할 핸드백과

액세서리, 특히 티파니의 보석 이야기를 즐겨했다.

맨발을 벗고 바다에서 육지로 세차게 불어오는 바다를 향해 마음껏 달리고 있는 마음으로, 거기 눈빛을 풀고 수평선을 바라보고 있는 물새들이 달리는 나의 유쾌한 몸짓을 응원하는 것을 즐거워하는 마음으로, 앞에 앉아 붉은 포도주를 우아하게 마시는 소설가를 바라보았다. 바닷가에서 무너질 듯 세찬 바람에 날리는 옷자락을 감싸는 그 흥분 없는 떨림과 고통의 순간 없이 어떻게 글을 쓰십니까. 나는 마지막으로 레몬치즈케이크를 주문했다.

옛 생각에서 벗어난 나는 걷기를 포기하고 시청으로 향하는 버스를 탔다. 청남동도 압구정동도 내가 머무를 곳이 아니었다. 뉴욕에 돌아가면 가을 바닷가에 가야겠다. 그리고 그때 함께 달리지 못한 모래사장을 맨발로 뛰어가며 알맞게 부드러운 모래들이 나에게 주는 그 다정한 느낌과 파도와 바다 냄새를 만나서 먼지 같은 기억들을 털어내야겠다.

분수에 맞게 사세요

아! 재미있는 글이네! WHITE HAIR—A New Kind of Beauty. 하얀 머리카락이 아름답다고 잡지와 신문 여기저기 반짝이는 사진과 글이 올라온다. 흰머리 염색법까지 유튜브가 바쁘다. "나야말로 염색만 안하면 돈 안들이고 유행의 첨단을 걷게 되는 거군. 맞아. 하얗게 하고 다니자."라는 결심을 하며 내심 기분까지 으쓱했다. 친구를 만나서 "나 이제 염색 안하고 하얀 머리로 다닐 거다!" 하며 거만한 표정까지 짓자, 친구가 팔짱까지 끼고 한참 나를 바라보더니 "너는 안 돼!"라고 단호하게 말했다. "안 돼? 하얀 머리를 하려면 얼마나 꾸며야 사람이 살아나 보이는 거 몰라? 너처럼 안 꾸미면서 하얀 머리? 용기 좋다. 넌 귀걸이 할 구멍도 귀에 안 뚫었잖아? 그냥 염색해라!"라는 것이었다. 시무룩해져서 컴퓨터에 앉아 뒤적이니 그 말이 완전 이해가 되었다. 귓볼이 찢어지게 커다란 귀걸이에 요란한 목걸이. 그리고 치켜뜬 듯한 눈화장. "머리만 하얗게 하고 꾸미지 않으면 그냥 '나 몰라라' 노인네야."라고 한 마디 더하던 친구 표정이 눈앞에 어른거린다. 자기 분수를 알아야 한다는 생각은 늘 해 왔으면서도, 또 실수를 했구나. 내가 화랑할 때 큰딸이 왔는데, 나를 한참 쳐다보더니 "화랑을 지키려면 좀 달라져야겠어. 엄마, 머리를 하늘색을 넣어 염색하고 무릎 찢어진 청바지를 입어 봐!"라는 것이었다. 생각해 보니 분수에 맞게 차림새를 바꾸라고 여기저기서 윽박지름을 받으며 살아왔구나.

우선 양쪽 귀를 뚫고 뉴욕의 벼룩시장을 뒤져 희한한 목걸이 팔지 귀걸이를 사는 거다. 너덜거리는 바지에 하얀 머리 나풀대며 이 아름다운 가을 속으로 화려한 외출을 하는 거야! 립스틱 짙게 바르고!

Ps: 말리지 마세요!

제3부 사랑의 시를 읽으세요

지금 그 사람 이름은 잊었지만…

눈발이 굵게 쏟아지더니 밤이 어둡자 바람이 몰아치기 시작했다. 첫눈이다. 창살마다 겨울이 만들어 보내준 그림엽서들이 소롯이 걸려 있는 듯하다. 은은한 가로등 빛 사이로 어느 신사가 우산을 앞으로 가려 쓰고 생각에 잠긴 걸음걸이로 지나간다. 저 사람이 혹시 내가 찾아 나서고 싶은 그 사람일 수 있다면….

이제 겨울이다. 오늘 그동안 꺼내기 힘들었던 추억 하나를 눈 오는 저녁 뜰이 내려다보이는 창 앞에 앉아 하기로 한다. 굳이 원고지에 글쓰기를 고집하던 내가 이제는 컴퓨터의 편안함을 고마워하게 된 지금에 와서 50년 전의 이야기 또한 편안한 마음으로 할 수 있게 되었구나.

여름방학이면 특별활동부에서는 여러 지방으로 봉사 겸 농촌 경험을 위하여 학생들이 내려가 지내고 있었고, 나는 배낭을 하나지고 카메라를 메고 교지에 실을 기사를 쓰기 위하여 그곳들을 찾아다녔다. 흰 구름과 되약볕과 그 곁을 지나가는 바람이 풍성한 곳, 소박함과 사랑이 어우러져 삼베 올 결처럼 윤기가 흐르는 농가에서 나는 그 당시 초등학교 6학년이던 어느 소년을 만나게 되었다. 내가 그곳에 도착하던 날에 백일장이 열리게 되었는데, 백일장을 시작하기 전에 사람들을 모아놓고, 글을 어떻게 쓸 것인가 하는 이야기를 해달라는 요청을 받게 되었다.

그 무렵 나는 고등학생이었는데도 어디에서건 무슨 이야기든지 조리 있고 거침없이 할 수 있는 당돌함이 있어서 어른 아이 모두 모인 자리에서 지금 생각하면 엄두도 못 낼 어처구니없는 일을 당당하게 해버렸던 것이다.

"만일 오늘의 제목이 '잠자리'라고 하면, 무엇을 어떻게 쓸 것인가 당황하지 마시고, 여러 가지 잠자리에 관련된 기억들을 모아보세요. 또 잠자리가 비가 쏟아지는 날에는 어디에서 비를 피해 앉아 무슨 생각을 할까. 그 아름다운 날개의 결무늬를 자세히 들여다보다가 그것으로부터 떠나간 친구의 나비망을 그리워할 수도 있겠고, 그 다음에는 그 친구를 찾아보고 싶기도 하겠죠. 이러한 자기의 마음을 너무 꾸민 흔적이 없이, 또한 너무 잘 써보겠다는 지나친 수식에 치우치지 않고 솔직하고 진솔하게 쓰는 것만으로도 훌륭한 글이 됩니다."

'저녁 노을'이라는 제목으로 간결하면서도 높은 희망을 차분하게 잘 써준 그 소년이 장원에 뽑혔다. 그 소년에게 서울에 가서 원고지를 보내주겠다고 약속했다. 서울에 와서도 나는 언제나 바빴다. 어느 날 그 소년에게서 온 편지를 받고서야 그 약속을 기억

할 수 있었다. 그 편지에 그는 아름답게 익어가는 감 이야기와 누렇게 여무는 벼의 충실함에 대하여 썼다. 내가 자주 감나무 이야기를 쓰는 것은 그곳을 나의 기억에서 놓을 수 없는 소중함으로 여기는 이유에서다.

나는 종로에 나가서 반짝이는 하모니카 하나를 사서 원고지를 함께 포장하고 빨간 포인세티아가 그려진 성탄카드를 넣어 보냈다.

첫눈이 오는 날 선생님께서 보내주신 하모니카를 받았습니다. 포플러나무가 줄지어 선 시냇가에서 독일민요를 불고 싶습니다. 지금은 잎사귀가 다 떨어졌어요. 그리고 흰눈이 펑펑 내려 그 위에 쌓입니다. 이곳에는 하모니카를 불 줄 아는 사람이 없어요. 내년에 선생님께서 오셔서 하모니카를 잘 불도록 가르쳐 주세요.

몇 번인가 받은 편지에 답장도 못해준 채 대학 준비로 그 다음은 대학생활로 나는 그 소년을 아주 잊었다.

몇 년 후 부르클린 월로비 스트리트 15층 아파트에 아기를 안고서 아랫층 어디선가 들려오는 하모니카 소리를 들었다. 누군가가 창가에서 가끔씩 흑인 영가를 불렀다. 그리고 첫눈이 내릴 때 그 소년의 모습과 잊었던 약속을 기억해내고야 말았다. 아이들이 초등학생이 된 어느 날 그 이야기를 아이들에게 했고, 아이들은 어떻게 조그만 소년에게 상처를 줄 수 있냐고 나를 꾸짖고 고개를 흔들고들 기가 막혀 했다.

글쎄, 엄마도 몰라. 그때는 지나치고 똑똑하게 사느라, 남의 생각할 여유도 없었나 봐. 지금 생각하면 후회되는 일이지. 그러나 하모니카 부는 법을 가르쳐주고 헤어졌다면, 내가 첫눈 내리는 오후에 그때 일을 그림엽서처럼 기억하며 그리워할까.

지금 아주 좋은 글을 쓰는 작가가 되었을지도 모르지. 그리고 그때 그 하모니카를 잘 닦으며 독일민요를 불다가 이렇게 슬프도록 아름다운 삶을 시로 노래하고 있을지도 모른다. 못 다 하고 헤어진 말들이 머무는 곳에 넘치도록 맑은 하늘 닮은 시선을 만들며 귀한 하루하루를 가슴에 담고 살아가리라 믿는다.

우산을 쓰고 천천히 눈 오는 길은 걷는 이여. 함께 서서 가로등 불빛에서 흔들려 청초한 눈송이를 기뻐하며 하모니카를 불자. 지금 그 사람 이름은 잊었지만.

글로 채울 수 없는 이별과 그리움이 첫눈과 함께 쏟아지는 지금, 다시는 찾을 수 없는 시간들에게 잊어버린 이름이라도 부르게 해달라는 소원을 보낸다.

공주님과 왕자님

수없이 듣던 "둘만 낳아 잘 기르자!"라는 구호에서 '잘 기르자'
의 구체적인 뜻이 무엇일까 수차례 생각했었다. 사람마다 대답은
다를 것이고 나름대로의 깊은 의미가 있으리라. 나는 무슨 일이
생겨서 어떻게 해야 할지 답을 찾지 못할 때마다 부모님이 나에게
해주신 대로 따라하기에 초석을 두었다. 잘 길러서 세상에 성인이
되어 나올 때까지 부모는 잘 기르자는 뜻을 새기며 열심히들 노력
하리라.

내가 이 글을 쓰면, 누군가가 '결혼하면 애 기르고 밥하고 고생
인데, 부모와 함께 있을 때 공주처럼 왕자처럼 해주는 게 왜 나쁘
냐.'고 눈을 흘길지도 모른다. 그것도 부모의 사랑을 표현하는 길
이라는 데는 동의한다. 나는 그저 지내온 나날의 생각을 쓰려고
한다.

유월이 되면 메트로폴리탄 오페라단의 야외공연이 시작된다. 초여름밤에 우거진 나무숲으로 둘러싸인 공원에서 듣는 로시니의 '세빌리아의 이발사'는 뉴욕에 살고 있는 우리가 받는 가장 값진 선물 중의 하나이다.

나는 아이들과 함께 일찌감치 공원에 도착하여 무대 가까이 돗자리를 깔고 신선한 바람을 즐기며, 하늘을 가로지르는 새들과 주인 잃은 풍선들의 여유 있는 흔들림을 바라보았다.

수많은 사람들이 삼삼오오 짝을 지어 몰려오고 오케스트라의 연주가 시작되었다. 어두울수록 무대의 주홍빛이 짙어지고, 부나비 여러 마리 가로등에 모여 날고 있었다. 이 공원 어디엔가에서 송충이로부터 태어나서 우리와 함께 음악을 듣는구나.

얼마 전 잘 아는 분이 딸을 데리고 우리 집에 왔는데, 딸의 비명소리에 놀라 모두들 밖으로 뛰쳐나가니 송충이 한 마리가 옷에 떨어진 것이었다. 발을 구르며 뛰기에 송충이를 죽이고 "송충이가 그렇게 무섭니?" 하고 물었다. 그 부인이 "우리 아이들은 받자하고 키웠더니 저러네요. 저는 정말 아이들이 대학 갈 때까지 손 하나 까닥 못하게 하며 키웠지요." 하고 대신 대답했다. 공주님처럼 키워서 왕자님을 만나 시녀들 가득 두고 평생을 살게 된다 하더라도 답답한 일이다. 세상일이 마음대로 되는 것이 아니어서 살다보면 어려운 일, 가슴 아픈 일들을 수도 없이 만나는데, 그때마다 부모가 달려가서 해결해서 될 일도 아니고, 또 부모가 세상을 뜨고 나면 어쩔 건가. 송충이야 잘 관찰하면 뒷부분을 밀어 둥글게 올리고 머리 쪽을 펴서 앞으로 가는 것이 새롭고도 재미있으니 징그러울 수는 있으나 겁을 먹고 소리소리 지를 일은 아니지 않는가.

그보다 송충이는 온몸에 부나비가 되려는 꿈으로 싱싱한 나뭇 잎을 갉아먹으며 그 시간을 순수한 열정으로 가다리는 것이다. 어려서 송충이를 잡으러 선생님을 따라 산으로 갈 때마다 소풍가는 가벼운 발걸음에 콧노래까지 부르며 송충이를 관찰하던 날들이 가로등의 부나비 위로 넘실댄다.

결혼하는 처녀가 밥도 할 줄 모른다니 그것이 귀하게만 키운 것을 자랑삼아 하는 이야기인지 모르겠다. 넌지시 파를 다듬도록 하여 갈비도 양념하게 하고, 잡채나 떡국 위에는 계란을 노른자와 흰자를 따로 지단을 부쳐 마름모로 썰어 얹어야 맛깔스런 상차림 이 된다고 말해주면 되는 것이다. 앞치마를 입은 모습에서 부부간의 신뢰와 우정을 엿볼 수 있으며, 신부는 찌개 끓는 소리에 귀 기울일 줄 알아서 하루 일을 끝내고 퇴근하는 신랑에게 찌개 끓는 목소리로 하루의 피로를 풀어줘야 한다. 아들도 못 하나 제대로 박을 줄 모르고 힘든 일은 시키지 않으니, 그야말로 옛날에 귀족 이 테니스를 치는 사람을 보고서 "저런 힘든 일을 하인을 시키지 왜 땀 흘리면서 스스로 하느냐."던 이야기가 떠오른다.

미국 온 지 7년 만에 친정아버님의 병환이 깊다는 소식을 듣고 아이 넷을 데리고 서울을 방문했다. 그때는 안방에 앉은뱅이 상을 펴고 둘러앉아 식사를 했는데, 끝나자 우리 아이들이 저 먹던 그 릇과 수저를 들고 부엌으로 가니 모두들 신기해했다. 미국에서는 부엌 안에 식탁이 있어 그렇게 가르쳤지만, 서울에서는 '걸음마 겨우 뗀 아이들을 호되게 부려먹는 못된 에미'가 된 것이었다. 그 러나 나는 아이들에게 하늘에서 별을 따오는 방법과 그 별들을 바닷가에 뿌려놓고 깨지지 않게 밟고 걷는 이야기도 가르쳤다.

음악과 밤하늘을 흐르는 구름이 신기루가 되어 어울리고, 사람들은 사랑을 속삭이며 포도주를 나누어 마시는 동안, 아이들은 "엄마는 자나 봐." 하는 귓속말이 들려온다.

그래, 아침에 밭에 나가니 완두콩꽃이 화사하고 작은 흰나비 여럿 날고 있더라. 아침부터 나들이 간다고 들떠 있던 나는 나비가 되려는 애벌레들을 쓰다듬으러 잠시 외출해야겠다. 너희들이 흔들어 나를 깨울 때까지.

때때로 나도 공주처럼 살고 싶고, 공주님 왕자님처럼 해주지 못하고 키워서 미안하고 안쓰러울 때가 한두 번이 아니다. 그러나 잘 기르자는 궁극적인 목적은 행복하게 살도록 도와주는 일이 아니었을까.

사람마다 생각이 다르지만 공주처럼 사는 게 결국 행복한 것이고, 결혼이라는 울타리로 들어가는 것은 고생이어서 행복하지 못한 것일까 생각해보았다.

수술실 앞에서 서성이다

　사월 한 달 내내, 오늘 수술 날짜를 받아놓은 큰딸 때문에 손에 일이 제대로 잡히지 않았는데, 그 오늘이 왔다. 수술복으로 갈아입고 '외부인 금지구역'이라는 팻말이 걸린 유리벽 안으로 딸아이가 사라진 후에 나는 수술실 앞을 서성이다가 병원건물 밖의 잘 꾸며진 정원으로 나왔다. 여러 가지 색깔의 튤립이 둥그런 정원에서 가득 꽃을 피우고 있었다. 가까이 다가가 꽃술을 들여다보는데, 향내가 흔들리듯 번져오고 아주 정갈하고 가지런하게 꽃술과 꽃잎이 어우러져 있는 새초롬한 모습을 현미경으로 들여다보듯 찬찬히 눈여겨보았다.

　큰딸은 어려서부터 세 들어 살던 아파트의 하얀 벽에 그림을 그렸다. 내가 두루마리 종이를 사다가 벽에 붙여주며 그리라고 하면, 의자를 끌어다 놓고 올라가서는 종이 위쪽의 벽에다 이것저것 그렸다. 그리고 미술대학에 들어가서는 머리를 꽃분홍색으로 염색을 했고, 내 표현을 빌리자면, 귀신 나오게 생긴 그림을 그렸다.

그즈음 한국에 사시는 친척 어르신이 학회 참석차 뉴욕에 오는데, 아이들이 얼마나 컸나 보고 싶어 저녁을 할 수 있도록 자리를 마련하라는 연락을 받았다. "너의 그 분홍머리로 어떻게 하냐."고 물으니, "봄이잖아." 하고 대답하였다. 여름이 되면 초록으로 가을이 되어 은행나무 이파리가 뚝뚝 떨어지면 노란색으로 바꿀 셈인가 보았다. 이번에는 검정색으로 물을 들이라는 내 말에 고개를 젓더니 가족 모임이 있는 날에는 얌전한 단발머리 가발을 쓰고 옷도 검정스커트에 흰 블라우스를 입고 나타났으니 고맙기 그지없었다. 그 후 몇 번 색깔 색깔 바뀌는 머리 때문에 그 이유를 묻자, "엄마! 나는 마음이 거무죽죽한 사람들을 만날 때마다 그 마음에 밝은 원색의 페인트칠을 해주고 싶은데?"라고 그럴듯한 말까지 하는 것이었다.

학교에서 한 교수가 "화가가 되고 싶으면 굶는 연습부터 하라."고 말했다며 굶을 자신이 없었는지 전공을 미술교육으로 바꿔서 졸업을 했고, 초등학교 미술선생이 되었다. 그 후로 나는 큰딸이 그림 그리는 모습을 보지 못했다.

꽃의 오목한 내부에서 흘러나오는 향기처럼, 거무죽죽한 사람의 마음에도 분명 손으로 잡힐 듯한 아름다움으로 가득할 수도 있을 것이다. 나는 오늘, 처음 꽃의 마음을 만나보았다. 큰딸은 수술대 위에서 위장에 생긴 여러 개의 혹을 떼어내는 동안 잠들어 있다. 순간, 나도 모르게 혹시 딸아이가 세상을 살아가야 하는 방편으로 화가가 되는 꿈을 스스로 칼질을 하여 떼어낸 것은 아닐까. 그리고 나서 나에게는 "세상에서 초등학교 미술선생님이 제일 좋은 직업이야."라고 말한 것은 아닐까. 잔잔한 봄바람에 꽃잎이 흔들린다. 무더기져 핀 튤립이 한꺼번에 몸까지 흔들며 바람 따라 이리저리 유희를 시작한다. 어디선가 옛날에 부르던 많은 동요들이 바람결에 다가와 나의 쓰라린 마음을 추스른다.

막내아들

   뉴욕시의 고등학교는, 물론 등록금이 놀랍도록 비싼 사립학교도 있고, 구역에 따른 공립학교도 있다. 특수고등학교는 뉴욕시에 사는 학생은 누구든지 입학시험을 치러야 한다. 막내아들도 중학교 학생회장을 지내고 최고 공립 특수고등학교 스타이븐슨에 다녔다. 그러다 대학에 들어가서는 공부는 뒷전이고 술독에 빠져서 겨우 졸업장을 탈 수 있는 성적으로 졸업했다. 좋은 직장에 취직하기는 틀린 일이고 해서, 앞으로의 계획을 넌지시 물으니, 소설을 쓰려고 한다는 것과 직장에 매어서는 글쓰기가 힘들 테니 집 고치는 회사에 취직을 해서 3년이면 모든 일을 제대로 배울 수 있다는 것이었다. 그래서 글을 쓰다가 돈이 떨어지면 공사하는 곳에 가면 얼마든지 일자리를 구할 수 있다면서 이미 일자리를 구해서 곧 공사판 일을 시작한다고 하였다.

나는 한 가지 조건을 내걸고, 이 일을 받아들이면 무슨 일을 해도 말하지 않겠다. 즉, 부모의 집에서 나가서 독립할 것과 무슨 일이 있어도 집으로 들어올 생각은 하지 마라. 잘 곳이 없으면 노숙을 하더라도 집에 올 생각은 아예 하지도 말라는 것이었다. 막내는 그날로 내 말에 수긍하고 아파트를 구해서 나갔다. 처음 한 일은 부순 벽돌이며 문짝 같은 쓰레기를 트럭에 실어 내다버리는 일이었고, 시간이 지날수록 옷은 허름해지고 바지에는 페인트가 묻어 빨아도 지지 않는 옷을 입고 다녔다. 얼마 후에 만나니 손은 거칠고 여기저기 다친 흉터가 나 있었다.

1년쯤 지나고, 저녁에 전화가 왔는데, 그 회사 사장이라고 하면서 급한 목소리로 설명을 하였다. 막내가 타일을 깨다가 타일조각이 안구에 박혀서 근처 병원에서는 도저히 손을 쓸 수 없는 형편이라 스토니부룩대학병원으로 후송 중이라는 것이었다. 그런 일을 정말 시킬 셈이냐고 처음부터 나를 윽박지르던 남편과 한 시간 남짓 걸리는 병원으로 가는 동안, 나는 내가 평생 처음으로 '사시나무 떨듯'이라는 말을 체험할 수 있었다고 할까. 새벽 세 시에 길고 긴 수술을 받는 동안에도 나는 그렇게 떨었다. 퇴원을 하고 약속을 나 쪽에서 어기고 집으로 데리고 왔다. 치료를 받고 검은 안경을 쓰고, 그렇게 6주일이 지났다. 주위에서는 절대로 그 일을 계속하지 말아야 한다. 그 이야기를 해서 설득할 사람은 엄마인 나뿐이라고 하였지만, 나는 막내의 엄마일 뿐 자기 일은 자기가 결정해야 한다는 독한 마음으로 입을 열지 않았다. 그리고 막내는 다시 자기 아파트로 나가서 회사일을 시작했고, 3년의 기간을 끝냈다.

막내는 회사를 차렸다. 그리고 직원도 여러 명 두고 열심히 일을 했다. 소설책은 수없이 읽는 것을 보았는데 글을 쓰는 것 같지는 않았고, 그럴 시간도 없는 듯했다. 작년에 막내의 아파트에 갔을 때, 많은 책들 가운데 LSAT, 법과대학 입학시험문제집이 서너 권 책상 위에 펼쳐 있는 것이 보였다. 미국에는 대학에는 법대가 없고 대학을 졸업한 사람이 이 시험을 치르고 학교 성적과 인터뷰… 등을 통해서 입학이 된다. 그런데 그 대학 성적을 가지고 법대 원서를 낸다고? 그런데 시험도 우수한 성적을 받았고, 뉴욕의 여러 법대에서 합격통지를 받았다. 모두들 놀랐지만, 나는 막내가 인터뷰하는 모습을 상상할 수 있었다. 아주 진실하게, 자기는 스타이븐슨고등학교를 입학할 수 있는 능력이 있었지만 대학에서는 공부를 하지 않았다. '이제 변호사가 되려고 하니 기회를 주면 열심히 공부를 잘할 수 있다.' 그랬을 것이고, 믿어보자는 사람들의 호응을 받은 것이리라. 지금은 법대를 다니며 매우 우수한 학생으로 인정받고 또한 회사도 잘 이끌어간다.

남들은 변호사가 되어서 돈을 많이 벌겠다는 생각이 이제야 들었느냐고 이야기들 하지만, 나는 그렇게 생각하지 않는다. 공사판에서 크게 다쳐 불구가 된 사람들, 때로는 나무 자르는 톱에 손가락이 세 개씩 잘라지는 인부들, 변호사를 구할 수 있는 경제적 능력이 없어서 주저앉는 사람들을 가까이서 보았기 때문에, 그들을 위해서 일해야 한다고 생각했을 것이다. 막내를 오랫동안 곁에서 지켜보았기 때문에 그 말을 듣지 않았어도 다 알 수 있는 것이다. 누가 아는가? 언젠가 좋은 소설도 써내려가게 될지를.

사랑의 시(詩)를 읽으세요

　　딸아이의 출산예정일이 오늘인데, 아직 진통은 없지만 조만간 소식이 올 것이다. 분만실에 내가 함께 들어가야 한다는 딸에게 "그러마." 하고 약속을 했지만 겁이 난다. 분만실에서 일어나는 갖가지 상황에 대해서 산부인과 의사인 남편으로부터 들어 익숙하기 때문인지도 모르겠다.

　　환자의 남편 한 분은 체격이 건장하여, 아내가 은근히 자랑을 해 왔다. 뭐, 신혼 때는 자기를 번쩍 안아다 침대에 눕혔다는 등 철없이 배시시 웃으며 해대는 말들에 내심 어이가 없으면서도, '깨가 쏟아지네!' 하며 그 자랑을 받아주긴 했지만, 그녀가 분만실로 옮겨지면서 남편도 가운을 입고 따라 들어갔다. 그런데 아내가 통증을 못 견디어 소리를 지르니 그녀의 자신만만하던 남편이 그대로 정신을 잃어 쓰러졌고, 침대 모퉁이에 머리를 박아 피가 흐르기 시작했다. 말할 것도 없이 기절하고 다친 남편을 응급실로 실어내리는 어처구니없는 일이 생긴 것이었다.

또 다른 남편은 아내의 고통을 지켜보다가 갑자기 그 자리에 무릎을 꿇고 앉아 통성기도를 시작해서, 간호사를 비롯해서 모두 둥그레진 눈으로 의사에게 시선이 집중되었다. 산부인과 의사지만 목사이니 기도를 그만두라고 할 수도 없어 주춤거리고 있는 중에, 한 간호사가 하나님께서는 이런 경우에는 조용한 기도를 기뻐하시지 않겠느냐고 그를 일으켰다고 하였다.

뉴욕에는 일본 의사가 별로 없어서 남편의 병원에는 일본사람들이 많았다. 그 중 한 남편은 분만실에서 진통하는 아내의 손을 잡고 나지막한 소리로 책을 읽고 있었다. 궁금해 무슨 책이냐고 묻자, 사랑의 시(詩)를 읽어주는 중이라고 했다고….

이야기가 좀 빗나가지만, 사실 나는 여성운동을 달가워하지 않는다. 여자가 이 세상에 아이를 태어나게 하는 일은 어떠한 것과도 바꿀 수 없는 특권이며, 아무리 남자들이 무슨 말을 해도 뒤집어질 수 없는 가장 값진 일이기 때문이다. 남자는 남자대로, 여자는 여자대로 해야 할 임무가 처음부터 정해 있으며, 거기에 높고 낮음을 말하는 것부터 틀린 생각이다.

사위가 나와 함께 분만실에 들어간다고 하니, 걱정이 하나 더 생긴 셈이다. 하여튼 아이를 넷씩이나 순산한 내가 씩씩하게 분만실로 들어가야 하지만, 나나 사위가 기절하는 일이 생길까 봐 겁이 나기 시작한다.

내가 미국에 이민 와서 석 달도 안 되어 첫아이를 분만했다. 산부인과 의사는 키가 육척인 백인의사였는데 소통이 안 되어 얼마나 애를 먹었는지 모른다. 분만실에서 나는 "엄마! 엄마!" 하고 울어대었다. 내 나이 스물세 살, 딸아이를 안겨준 것은 생각이 나는데, 깊은 잠에 빠져들었다. 나는 꿈결에 노랫소리를 들었다. 그리고 꿈에서 깨어났을 때 간호보조원이 내 땀 흘린 몸을 닦아주며, "어여쁜 여인이여, 이제 엄마가 되었다네. 행복을 천사가 선물하였다네." 노래를 불러주며 아름다운 미소를 전해주었다. 블루하와이 영화에 내온 듯한 여인의 손길이 그렇게 따스하고 부드러워서 그 위로 나의 어머니의 모습이 겹쳐졌다.

나를 엄마라고 부르는 네 명의 아이들의 한명 한명… 첫 울음소리가 우렁차던 옛날이여!

내일은 첫 손주를 위하여 사랑의 시(詩)를 읽으리라.

우간다로 떠나는 아들에게

다섯 살짜리 남자아이가 나무 아래 넙적한 돌의자에 앉아 멀리 보이는 호수를 바라보고 있었다. 내가 가까이 다가가도 인기척을 못 느끼니 툭 치며 "뭐 하니?" 하고 물으니, 나를 올려다보고는 "엄마, 나 생각 중이야."라는 것이었다. 뭐? 생각? 생각하는 사람?

바이올린을 키며 아름다운 목소리로 노래를 하는 모습은 누가 봐도 귀공자요. 대학에 다닐 때는 옷 잘 입기로 소문났던 큰아들이다.

유명 사립대학 정치학과에 입학했을 때, 나는 버젓하게 성공한 아들의 모습을 상상하면서 기대에 부풀어 있었다. 신문에 오르내리는 아무개가 내 아들이라는 생각으로 부풀어 오르니, 미국으로 이민 와서 귀양살이한 보답으로 충분하게 여겨졌다.

어느 날 평화봉사단의 일원으로 페루로 떠났다. 좋은 경험이려니 여기면서 아들이 페루에 머무는 동안 구경삼아 마추픽추부터 아마존까지 두 번 여행을 즐기기까지 했다. 돌아오면 나를 실망시키는 일은 하지 않을 것이라고 확신하면서.

며칠 전, 대학원을 끝내고 느닷없이 아프리카의 우간다로 떠난다는 것이었다. 페루에 있는 동안 여러 가지 생각을 하였는데, 가난하고 에이즈로 죽어가고 희망도 없이 살아가는 사람들을 위해서 살기로 결심을 했다니, 원서를 제출하고 합격통지를 받은 날, 뛸 듯이 기뻐하는 아들을 바라보며 나는 내심 실망으로 얼굴이 일그러지는 것을 느꼈다.

웹사이트에서 Catholic Relief Service를 찾아 샅샅이 읽었다. 몇 날 며칠을 생각했다.

자신의 앞날에 급급하지 않고, 좋은 일에 평생을 바친 사람들의 이야기를 읽으며 그 사람들을 얼마나 높이 우러러보았는지 모른다. 손꼽을 수 없는 많은 사람들이 남을 위해 살아가는 모습을 얼마나 높게 생각하면서 흥분하고 가슴 떨렸었는지 모른다.

"엄마, 태어나서부터 나는 너무 행복하게 잘 살았어. 이 세상에는 도움이 필요한 사람들이 너무 많아서 앞으로 그 사람들을 위해서 살기로 결심했어."라고 말하는 내 아들의 결정에는 왜 그런 흥분이 없단 말인가. 친구의 아들은 변호사로 이름 날리고, 누구누구는 투자은행에서 돈을 억수로 번다는데, 아프리카로 떠나서 그들이 좀 더 나은 생활을 하도록 도와주겠다는 내 아들의 뜻을 어느 누구보다도 어미 된 내가 이해하고 또 자랑스러워해야 하지 않는가?

우연히 페이스북에서 오늘 처음 본 우간다의 사진들이 나를 혼들기 시작한다. 아무나 그런 결심을 할 수 있는 것이 아니다. 필리핀으로 네팔로 시에라리온으로 재해가 나면 달려가니, 한 달이 연락 닿지 않을 때도 있었다. 해변에 시체들이 쌓여 있고 구더기떼와 파리떼가 앞에 안보이게 된 곳을 상상했다. 그 옛날 다섯 살의 어린 소년이 돌의자에 앉아 호수를 바라보며 깊이 생각에 잠겼던 것이 이것이었을까?

나는 울음이 터지려는 것을 참으며, 내 아들의 결심으로 나 자신의 욕심이 부셔지는 우렁찬 소리를 듣는다.

노래방에서 읽는 시

「큰소리로 시(詩)를 읽어보면 안다」라는 시를 쓰고 나서, 한참을 생각해보았었다. '시를 많이 읽는 사람과 읽지 않는 사람의 차이란 무엇일까' 하고.

아마도 시를 읽는 사람에게서는 향내가 날 것이다. 웃음에서도 걸음에서도 대화에서도. 그때부터 나는 어떤 모임에 나가든지 좋아하는 시를 복사해 나가서 함께 읽곤 했다. 그 당시에는 내가 여러 사람을 만나고 있었기 때문에 모임도 많았고, 문화교실에서 시를 강의하고 있어서인지 별 일 없이 열심히들 큰소리로 시를 읽었다. 어느 날인가 노래방에서 모임을 가졌는데, 시작하기 전에 어떤 젊은 여인이 손을 번쩍 들더니, "노래방은 돈 내며 노래 부르는 곳인데, 이곳에서까지 아까운 시간을 시 읽기로 허비해야 합니까?"라고 정말 커다란 소리로 묻는 것이었다.

지금도 그날 준비해 갔던 시를 기억한다.

황동규 시인의 즐거운 편지.

내 그대를 생각함은 항상 그대가 앉아 있는 배경에서 해가 지고 바람이 부는 일처럼 사소한 일일 것이나, 언젠가 그대가 한없이 괴로움 속을 헤맬 때에 오랫동안 전해 오던 그 사소함으로 그대를 불러보리라.

진실로 진실로 내가 그대를 사랑하는 까닭은 내 나의 사랑을 한없이 잇닿은 그 기다림으로 바꾸어 버린 데 있었다. 밤이 들면서 골짜기엔 눈이 퍼붓기 시작했다. 내 사랑도 어디쯤에선 반드시 그칠 것을 믿는다. 다만 그때 내 기다림의 자세를 생각하는 것뿐이다. 그동안에 눈이 그치고 꽃이 피어나고 낙엽이 떨어지고, 또 눈이 퍼붓고 할 것을 믿는다.

그 후로 나는 그 무모한 시 읽기를 그만두었는데, 아직도 시를 많이 읽는 사람에게서는 향내가 난다는 생각을 깊이 새긴다. 페북을 열면 오늘도 좋은 벗들 누군가가 시를 올려놓아서 나는 혼자 큰소리로 읽는다. 고마울 뿐이다. 언젠가 시 읽기를 좋아하는 우리들이 모임을 갖는다면 분명 향기로우리라.

절름발이

육이오(6.25)가 나던 해 초가을에 경기도 김포에서 태어나자마자, 우리는 부산으로 피난을 갔다. 나중에 들어서 알게 된 이야기지만, 선박회사 사장집 2층을 세 얻어 모든 식구들이 합류했다. 갑자기 갓난쟁이이던 내가 고열이 심해 어머니는 낯선 동네에서 물어물어 어느 의원을 찾았고 주사를 맞고 열은 내렸으나 오른쪽 다리를 제대로 움직이지 못하게 되었다. 그리고 발육이 정상으로 되지 않아 나는 절름발이가 되었다. 그 병원의 의사는 어디론가 없어진 후에, 병원 조수하던 사람이 남아서 의사노릇을 했다는데, 그때 주사바늘이 신경을 건드렸다고들 하였다.

초등학교에 입학하고부터 나는 아주 조용한 학생이 되어 갔고, 쉬는 시간에도 밖으로 나가지 않고 창가에 앉아 밖을 내다보았다. 그것도 하염없이. 가장 부러운 것은 층계를 한꺼번에 서너 개씩 뛰어오르고 내리며 도망가고 따라가고 하는 아이들이었다. 중학교 입학시험에 그때는 체능이라는 것이 있어서 달리기, 멀리뛰기, 턱걸이… 등을 시험 보았는데, 나는 달리기는 5점 만점에 2점을, 멀리뛰기는 3점을 넘지 못했다. 어머니는 담임선생님을 찾아가서, 전쟁에 다친 다리이니 어떻게 중학교에 사정을 해서 체능점수를 조정해달라고 했다. 그러나 학교에서는, 중학교를 낮춰가는 수밖에 없다고 말할 뿐이었다.

그리고 고등학생이 되었다. 아이들은 나를 절름발이라고 불렀기 때문에, 나는 내 두 다리를 자세히 관찰하기 시작했고, 두 다리의 길이는 같다는 것을 알아내었다. 그러니까 상처받은 오른쪽 다리가 약하므로 내딛는 시간을 짧게 하고, 왼쪽다리로 옮기는 내 걸음걸이를 고쳐보겠다고 생각했다. 북아현동에서 서대문까지 걸으며 하나둘, 하나둘 쉬지 않고 구호에 따라 다리를 움직였다. 그렇게 시간을 조정하고 하나둘… 하는 구령이 내 머릿속을 떠나본 적이 없었다. 그리고 고등학교를 졸업할 즈음에 제대로 걸을 수 있게 되었다.

세상에는 아무리 이를 악물고 노력해도 할 수 없는 일이 너무나 많다. 그래서 사는 것이 눈물겹고 힘겨운 것이다. 아무리 빨리 뛰어보려고 해도 달리기에서 2점 이상의 점수를 얻을 수 없는 일이 허다했다. 그러나 나는 쉽게 포기하지는 않는다. 노력한 만큼 무엇인가 얻을 수 있다는 기대감을 져버리지 않기 때문이다. 물론 나의 오른쪽다리는 아직도 약하여 우중충하고 비가 내리는 날이면 신경통으로 비틀리고 저미는 듯한 통증을 종종 느끼며 심할 때는 통증약을 먹어야 한다. 그리고 내 오른발은 1센티미터 작기 때문에 신발을 사는 것도 쉽지 않다. 그러나 그러한 그늘은 나를 지키는 어떤 보이지 않은 힘이며, 가라앉지 않는 아우성이라고 믿는다.

이 가을에는 정신적인 균형에 대해서 깊이 생각하며 지내볼까. 태풍으로 마지막 잎새 하나 남기지 않고 다 떨구어낸 빈 숲에 대해서, 그래서 쓸쓸하고 희망 없는 메마른 곳을 향해 작은 눈짓으로 봄이 있다는 것을 이야기해볼까.

패싸움을 하면 분명 우리가 이길 거야!

뉴욕에 처음 와서, 고물 텔레비전을 하나 구했다. 그러나 코미디 프로에서 모두들 웃어대지만 한 마디도 알아들을 수 없었고, 드라마도 그림 구경이니 자연히 영어를 몰라도 볼 수 있는 야구경기 방송을 매일 기다렸다. 1973년에 뉴욕의 메츠팀이 내셔널 리그 챔피언이 된 해이니까, 이기는 게임이 많아 뉴욕 전체가 신이 나서 들떴을 때였다. 올해는 지는 게임이 훨씬 많아서 잘하는 뉴욕의 양키팀을 보러 가는 사람들이 많은가본데, 나는 아니다. 그 외롭고 고국에 대한 그리움으로 안절부절못하던 시절에 나를 지켜준 가장 좋은 벗이 뉴욕 메츠 야구팀이 아니었나. 일편단심이라는 건 이럴 때 쓰는 멋진 말이다. 꽃목걸이라도 만들어 걸어주고 싶은 잊을 수 없는 벗이니까. 사랑하기까지 한 팀이니까.

어떤 종류의 싸움이든 내 편이 있게 마련이다.

어머니가 뉴욕에 살고 계실 때 일이다. 자동차가 있는 사람들은 파킹장이 있는 쇼핑몰에 가지만, 그렇지 않으면 아파트 단지에 있는 작은 가게로 한국장을 보러간다. 성당에서 미사를 끝내시고 'K 식품'에 들어가서 찬거리를 사는데, 매니저란 사람이 어머니의 어깨를 탁 치며 "할머니, 가방 조사 좀 해야겠네요." 하며 핸드백을 빼앗았단다. 성경책이 있었으니 가방이 듬직해 보였겠지만, 하나하나 물건을 꺼내며 샅샅이 뒤지더니 아무것도 없네 하는 표정을 하고는 미안하단 소리 한 마디 없이 "할머니들이 자꾸 물건을 훔쳐가서 그래요." 하더라는 것이었다.

나도 우리 아이들도 당장 그 식품점에 찾아가서 멱살이라도 잡자고 하니, 어머니는 "그만들 둬라. 도둑이 아닌 것으로 밝혀졌으니 되었지." 하시는 것이었다. 나는 가슴이 쿵당쿵당 뛰고 분이 가라앉지를 않았다. 분명한 것은 이 느낌이 사랑이라는 것이다. 내가 어머니를 사랑하기 때문에 어머니가 부당한 일을 당했을 때, 이러한 분함을 강하게 느끼는 것 아닌가? 그러나 어머니와 무관한 사람이 이러한 이야기를 들었을 때는, 제삼자의 입장에서 "오죽하면 매니저가 그러겠어요. 할머니들이 자꾸 물건을 훔치니까 그렇겠죠. 그 매니저 사람 참 좋아요."라고 재판관의 표정으로 말했을 것이다.

내가 이처럼 기막힌 일을 당했을 때, 그 분함으로 얼굴을 붉히고 가슴이 가장 많이 쿵쿵 뛰는 사람이 누구일까? 모두들 뒷짐을 지고 "그 사람이 나한테는 얼마나 잘하는데요. 글쎄요. 그 사람이 잘못하긴 했군요."라고 말하면서 확실하게 제삼자의 입장을 밝히는 사람이 어딘가 서 있는 것은 아닐까. 사랑이 있고 없고는 얼마나 분통을 터뜨리는가에 있는 거라는 생각이 나를 시원하게 만든다.

나와 우리 아이들 모두 어머니 편을 들어 울그락불그락 하다 보니, 어디 가서 패싸움을 해도 우리가 이길 것을 확신하게 되었다. 사랑으로 뭉쳐 있으니 말이다.

코스모스가 있는 기차역의 풍경

막내아들이 곧 결혼한다. 오늘도 백화점에서 소포 두 덩어리가 왔는데, 신랑신부 들러리들의 양복과 드레스라며 펴 보인다.

1970년대 후반에, 내가 셋째 아이를 임신하고 그 소식을 시댁 친정에 편지로 알리니, 모두들 '둘만 낳아 잘 기르자'는 표어를 들먹이시며 원주민이냐는 등 기가 막히다는 답장뿐이었다. 타국에서 둘 기르기도 힘들 텐데, 답답하다시며…. 그리고 셋째 아이가 태어난 지 얼마 안 되어 또다시 임신을 했으니, 태어난 후에야 내가 네 아이의 엄마가 되었다고 실토를 할 수밖에 없었다.

막내는 귀엽고 짓궂고 또 밝게 잘 크고 있었다. 사무실에서 일을 하고 있는데, 비서가 "학교 교장실에서 전화예요." 하며 수화기를 건네었다. 교장실? 학교에 도착해서 교장실을 찾으니, 문 앞의 작은 의자에 막내가 고개를 숙이고 조용히 앉아 있고 나를 보고도 얼른 눈을 내려 까는 것이었다. 교장선생님이 벌써 두 번이나 이 학생에게 타일렀으나 오늘 또 같은 말썽을 부려서 나를 불렀다시니. 조회시간이면 전교생이 강당에서 모여 앉아 있는데, 막내가 종이를 작게 잘라 똘똘 뭉쳐 동그랗게 만든 후에 셋째 손가락으로 앞에 있는 여학생들에게 수도 없이 새총 날리듯 한다는 것이었다. 그러니 주위가 산만해지고, 도저히 조회시간을 제대로 지낼 수가 없다신다. 나는 거듭 진심으로 사과하고 나오니, 기죽은 막내가 나를 따라 나왔다.

초등학교 문을 나서면 머지 않는 곳에 기차역이 있었다. 사람들이 자동차를 주차해 놓고 기차로 출퇴근한다. 기차역에는 코스모스가 있어야 하는데, 없구나. 내가 아이에게 배고프냐고 물으니 고개를 힘없이 끄덕이고, 기차역 옆의 이태리식당으로 들어가 앉았다. 창가에 자리 잡은 우리는, 하얀 레이스 달린 커튼 밖으로 기차가 들어오는 것을 바라보았다. 나는 가지튀김 스파게티를, 아이는 닭가슴살 히로를 주문했고, 내가 중학교 때 기차 통학을 했는데, 그때 기차역에 탐스럽게 줄지어선 코스모스 이야기를 해주었다. 그리고 후식으로 아이는 딸기아이스크림을 나는 뉴욕 치즈케이크와 커피로 했다.

천천히 걸어서 집으로 왔지만, 길에서는 아무 말도 하지 않았다. 집에 들어서니 큰아이 셋이서 겁에 질려 조용히 우리를 기다리고 있었고, 나는 여느 때처럼 "숙제들 빨리 끝내라." 하고 내 방으로 올라갔다.

좋은 계절 시월에 결혼을 하는구나. 성당에서 결혼식을 하고 다른 사람들처럼 호텔을 빌려 먹고 춤추며 피로연을 계획하는가 보다. 성대한 예식이 잘못되었다거나 나쁘다는 것은 아니다.

비단결 같은 여운을 남기며 지금까지 내 마음에 남아 있는 즐거움들을 생각해보면 모두 아주 조그마하고 소소로운 것들이었다. 코스모스 가득 핀 기차역에서 헤어지며 다시 만날 약속을 하던 두근거림처럼. 하얀 레이스 달린 커튼 밖으로 보이던 자전거 타는 내 네 아이들의 웃음소리, 들꽃반지, 그리고 수많은 말보다도 내 마음 깊이에서 물 흐르는 소리로 남겨진 것은 따스한 눈빛이더라. 눈물처럼 고이더라.

내가 살아오면서 잘한 일 하나를 꼽으라면, 둘만 낳아 잘 기르자는 구호를 무시하고 넷을 낳은 것이다. 이 세상에 나를 엄마라고 부르는 사람이 넷이나 있다니!! 정말 잘했다.

막내아들아! 물론 잘 살리라고 확신한다.

소달구지 위에서 잠들고 싶다

하얀 모시 한복을 입으시고 붓을 들어 글씨를 쓰시는 아버지의 모습도 눈물 고이게 하고, 조용조용 걸으시며 하루 종일 분주하시던 어머니도 그냥 보고 싶은 날이 있다. 그리고 나의 할머니의 기억으로 사뭇 정겨움에 휩싸이기도 한다. 어려운 일이 있으면 그 시간들이 손 안에 잡힐 듯하니, 두서없이 이런저런 이야기를 써보고 싶다.

나의 할머니에 대한 기억. 늦가을, 농사일이 거의 끝난 어느 날, 나는 잠에서 깨어났다. 할머니가 울고 계셨기 때문이다. 할머니가 울다니? 할머니는 조금 무서웠다. 여름이면 논에서 일하는 일꾼들에게 줄 곁두리를 머리에 이고 밭이랑을 걸어가시는 할머니를 뒤따르고 있던 나. 손에는 막걸리 주전자를 들고서 들꽃과 메뚜기에 한눈을 팔며 걷다가 주전자 주둥이로 찔끔 막걸리를 쏟기 일쑤였다. 그리고 멍석을 펴고 일군들이 둘러앉았을 때 주전자에서 막걸리가 많이 줄어든 것을 아시고 나를 나무라셨지.

그렇게 당당한 여장부 할머니가 왜 우실까? 나는 일어나 앉으며, "할머니, 왜 울어? 슬퍼?" 하고 물었다. 할머니께서 이렇게 대답하셨다. "채영신이 죽었어. 동혁이가 그렇게도 사랑하더니먼." 하시는 것이 아닌가? 할머니는 심훈의 '상록수'를 읽고 계셨던 것이었다. 얼마나 멋진 일인가? 그 옛날 농촌에서 시간을 쪼개 가며 책을 읽으시던 나의 할머니는 이 세상 어느 할머니보다도 멋지고 자랑스럽다.

나는 어떤 할머니가 될 것인가? 나도 우리 할머니처럼 자랑스런 할머니가 되어야 할 텐데.

나의 늙으신 어머니가 나를 물끄러미 쳐다보셨다. 그러시다가 "저렇게 눈이 크고 예쁜 것을."이라고 말씀하시며 서랍에서 사진 한 장을 꺼내주셨다. 내가 대학을 졸업하고 뉴욕으로 떠나기 전에 찍은 사진으로, 어머니는 내가 보고 싶을 때면 꺼내서 들여다보셨을, 오래된 사진 한 장.

어머니가 말씀을 이으셨다. 육이오가 터지고 모두들 빨갱이 눈을 피해 숨고 도망갈 즈음, 어머니는 만삭의 몸으로 소달구지를 타고 친할머니가 계시는 김포로 가셨다. 달구지는 심하게 털털대었고 가다가 모래주머니가 터져 시냇물에 씻고 사흘 만에 도착한 고향. 산파도 없이 할머니의 도움으로 나를 낳으셨는데, 신생아의 눈동자에는 검은자는 없고 완전히 하얀 눈동자가 있었다니 너무 놀랍고 무서우셨다고. "잘못된 아이를 낳았구나." 하며 실망을 하실 즈음 조금씩 검은 눈동자의 끝부분이 돌아오기 시작하였고, 일주일이 지나자 완전히 새까맣고 반짝이는 예쁜 눈이 보이더란다. 털털대는 달구지에서 아기의 눈동자가 뒤까지 돌아가 버렸다니. 나는 웃으며, "두뇌가 완전히 망가지지 않았으니 얼마나 다행인가요." 하며 눈물을 감추었다. 어머니가 멀리 떠난 딸을 보듯 바라보셨던 사진. 그 당시 서울과 뉴욕의 너무 멀게 느껴졌고 전화통화조차 어려웠기 때문에 어머니와 나는 수많은 편지를 주고받았다. 세로글씨로 차근차근 그곳 소식을 적으시고, 아이들을 돌볼 때 주위할 일까지 23살의 철없는 것을 먼 곳으로 보내시고, 한시도 근심을 놓지 못하며 쓰신 편지들이다. 서울을 떠날 때, 나는 임신 7개월이었으므로, 이민 가방에는 아기 헝겊 기저귀와 포대기 등 엄마가 첫 아이 낳고 꼭 필요한 것만 꾸려주셨었지. 그때는 종이 기저귀도 없었고.

이민 짐을 하나씩 꺼내 정리하며 자꾸 자꾸 울던 생각이 난다. 첫아이를 낳으러 병원에 들어가서 "엄마 엄마" 하고 울었다고 간호원들이 한국말로 mommy가 엄마라는 것을 다 알았다며 놀리던 일도. 엄마.

내가 미국으로 이민 가는 사람과 결혼하겠다고 아버지께 여쭈었을 때, 가면 못 보는데 한국에 사는 사람과 결혼하라고, 보내기 싫다고 처음으로 약한 표정을 보이시던 아버지. 그리고 몇 해 후 세상을 뜨셨으니 여기 그 기쁨과 슬픔 그리고 그리움의 나날이 고스란히 남아 있다.

아버지가 좋아하시던 동태찌개를 끓이면, 두 덩어리의 동태알은 언제나 아버지의 국그릇에 담겨졌다. 둥근 밥상에 둘러앉으면 아버지는 으레 동태알 하나를 막내 동생에게 주시고, 나머지는 그

날 그날 바뀌어가며 주셨다. 언제나 아버지에게 좋은 것을 먼저 드리지만, 아버지의 손으로 자식들에게 나누어주게 되는 보이지 않은 규범이 든든한 가족의 테두리를 만들고 있었다.

어머니가 병환이 깊어, 미국 사는 큰오빠를 부르셨는데 일이 있어 이주일 후에야 비행기를 탈 수 있었다. 그날까지 어머니는 오빠 도착 날이 며칠 남았는지 자꾸 물으셨다고 한다. 오빠가 도착해서 손을 잡으시고 기다리시느라 온 힘을 다해 견디시다 지치셔서 제대로 말씀도 못 하시고 다음날 아침 주무시듯이 세상을 뜨셨다. 하시고 싶으셨던 말씀을 어디에서 찾을까.

할머니도 부모님도 안 계시는 지금, 내가 돌아갈 고향도 없다는 생각이 드니 그 많은 이야기들을 어디에 심을까.

소달구지, 나에게 남은 소중한 이름의 물건이다. 그 위에서 잠들고 싶다. 소달구지 위에서 잠들고 싶다.

돌탑

소원이 있을 때는 산길을 걷지.

그리고 돌 하나 가져다가 돌탑 위에 얹지.

그 돌 하나하나에는 이름이 있지.

소원하는 이야기 또한 거기 머물지.

때로는 차오르는 슬픔을 잠재우기 위하여

아버지의 목소리가 돌탑 위에 내리는 빗줄기가 되지.

돌탑 위에 쌓이는 하얀 눈이 또 다른 추억의 그림자를 흔들 때

그대는 알고 있을까.

사랑의 언저리에 피어나는 안개

무너질 듯 서 있는 돌탑 위에서 홀로 일어서는 희망이라는 것을.

낙엽을 긁었다. 소슬바람이 분다. 서리에 주저앉아버린 꽃들도 뽑아서 퇴비상자에 넣고 꽃밭 정리도 했다. 그리고 여기저기 흩어진 돌 위에 돌을 올려쌓는다. 몇 개 올리면 무너질지도 모르는 돌들을 조심스레 하나씩 더해 놓는다. 돌탑 위에 나도 오늘의 소원을 얹는다. 소나무 숲에서 새들이 날아오를 때, 잠시 히치콕의 수많은 새들을 연상한다.

털어내고 싶은 이 누추한 느낌은 뭔가? 돌탑에 또 하나의 작은 돌을 얹어본다. 긴장의 순간만큼의 움직임 후에 정지한다. 또 한 번 나의 소원을 작은 돌 위에 얹어본다.

까마귀 떼가 날아와서 나뭇가지에 우루루 앉는다. 어디에 짐승 한 마리 죽은 모양이다. 또 무슨 불길한 일이 있으려나. 문 두드리는 소리에 천천히 일어나 문을 여니, 내가 가장 아끼는 후배가 찾아왔다. 초췌했다. 결혼을 포기하고 나에게 와서 결혼반지를 끼었다가 빼어낸 손가락을 내보였을 때, 나는 고개를 끄덕였다. 농사를 짓느라고 투박하고 거칠어진 내 손이 그녀의 하얀 손 위에 얹혀졌다. 열심히 해도 안 되었구나, 정말 노력해도 안 되어서 포기하였구나. 내가 그렇게 좋아하고 아끼던 농부라는 아름다운 이름을 포기하였듯이. 그리고 나서, 생각하는 거야. 이것 또한 지나가리라.

오늘은 잿빛의 사방을 잠재울 안개꽃 한아름 사다가 꽂는다. 돌탑이 무너질 것만 같다. 그러나 하늘에 닿을 때까지 소원을 쌓아야 한다. 조심스레.

안개꽃더미 속에서 들리는

새벽이 오는 소리
산길을 거닐며 외투주머니에 넣어온 돌 몇 개
그대는 알까
돌탑이 쓰러지면 다시 쌓아야 하고
다시 쌓은 돌탑은 더욱 든든해진다는 것을.

뜨끈한밥한끼먹여보내고싶어서

이민초기에는대부분의사람들이가난했다.유학생들은식당에서
접시닦이로손이부르텄다.

우리유학생부인들은같은아파트에사는인도여자로부터작고큰
구슬을받아,건네준패턴대로구슬을실에끼어목걸이를만들었다.어
느날큰딸이구슬소쿠리에걸러넘어지며둥근구슬이온사방으로굴
러흩어져버렸고,그걸다주워담으며서울로가버리고싶었다.

뉴욕에일이있어왔다가우리를찾아오면,뜨끈한밥한끼먹여보내
고싶었다.그래서그렇게했다.그때배추구하기가어려우니,양배추
김치에금방지은쌀밥과장조림그리고찌개하나.조촐한한끼식사.
허기진유학생에게성공을기원하는풋풋한단어몇개잊지않고얹어
주었지.

오늘은 뉴욕에서 울 친구 한 명이 왔다. 최고 식당에 예약들을 하고 성공을 축하하는 모임이 있나보다.

나만의 느낌일까
나만 그럴까
다정함이 그리운 이 허전한 느낌.
뜨끈한 밥 한 끼 먹여 보내고 싶은 어리석고 후진…그러나 떨쳐 버릴 수 없는 이 쓸쓸함은 무엇인가!

제4부 빨간 우체통에 배달된 편지를 기다린다

벼룩시장에서 산 낡은 만돌린

서울에서 오신 손님들이 우리 집에서 며칠 묵게 되어, 오랜 만에 사랑채를 열었다. 전나무 숲에 눈이 소복이 쌓여 있고 푸른 하늘에 흰구름이 흩어져 흐르는 겨울이 창문에 아름답게 걸렸다. 책장에 놓인 낡은 만돌린 하나가 눈에 들어왔다.

맨해튼의 허드슨강 쪽에 벼룩시장이 있었다. 첼시화랑가에서 몇 블록 걸어가면 주차장으로 쓰던 곳에 주말이면 벼룩시장이 섰다. 담뱃대부터 포우의 너덜거리는 시집까지 흥미로운 물건들이 많이 좌판 위에 널려 있는 데서, 줄이 끊어지고 나무통에 금이 간 만돌린이 먼지를 뽀얗게 뒤집어쓴 채 놓여 있었다. 이제는 이 세상 누구에겐가 가슴 떨리게 풀어놓았던 음악을 접어 버린 악기.

그때 내가 청각장애로 음악을 듣지 못하게 된 때여서일까. 그 깨진 만돌린을 샀다.

꿈아!

메마른 나의 꿈아!

이 밤에는 피아노건반 위로 오라!

쏟아지는 물소리로 오라!

비바람 함께 조각나는

하늘의 비밀을 만나는

피아노 소나타이게 하고 싶다.

짙푸른 목소리 가라앉는 꿈아!

너의 외로움이 신비한 태몽을 타고

비상하는 몸짓으로 다시 태어나라!

나는 남루한 모자를 벗어들고

더 깊은 지층의 샘으로 내려간다.

만돌린을 가져다가 먼지를 닦으며.

나는 이 시를 썼다.

나의 꿈처럼 남루한 이 악기를 하나의 예술작품으로 만들어보고 싶다는 생각이 간절했다. 이 생각을 하게 된 것은, 그 당시 내가 쓰던 고물컴퓨터 두 개를 조각하는 젊은이가 가져갔고, 그는 컴퓨터를 뜯어 그 부속으로 조각 작품을 만들고 있었다. 고장난 벽시계들을 뜯어서 톱니바퀴들을 핀셋으로 꺼내서 수없이 붙이는 작업을 했다.

나는 그의 작업실을 찾아갔다. "더 이상 제구실을 못하는 악기들로 좋은 예술작품을 만들 수 있을까?" 하고 물었고, 그는 "시원하게 물론 만들 수 있지요. 팽팽했다가 끊어진 그 만돌린의 줄들이 수없는 이야기를 쏟아내는 듯해."라고 내가 다시 말했다.

나는 내가 잘 아는 화가들 중에서 한 분에게 그 이야기를 전했고 기꺼이 좋은 생각이니 계속해서 낡은 악기들을 모아보라는 대답이 왔다. 깨지고 아픈 악기를 흑백사진으로 찍어 걸고, 그 곁에 새로 태어난 작품으로 희망과 푸르른 꿈을 이야기해야겠다. 나의 메마른 꿈조차도 두 날개를 달고 날아오를 것만 같아 진정으로 상쾌했었다. 찢어진 아프리카 북과 두 개의 만돌린을 더 찾아내었을 때, 한국에서 그 화가분의 전시도록이 우편으로 왔다. 거기에는 반짝이는 바이올린과 첼로 등에 그림을 그려서 실려 있었다. 물론 내가 계획했던 메마른 꿈에 비해볼 때 형편없는 작품, 즉 커피잔에 그려놓은 꽃그림 정도라고나 할까. 깨어진 악기가 아닌 지금도 아름다운 음악을 낼 수 있는 악기에 얹힌 그림이라니. 그리고 나는 더 이상 그 전시 계획을 생각해보지도 않았고, 그대로 악기들을 사랑채에 넣어두었던 것이다.

그즈음 컴퓨터와 시계의 톱니바퀴로 된 작품이 완성되어서 나는 그 젊은 작가와 축배를 나누었는데, 그 조각가가 나의 깨어진 만돌린과 메마른 꿈의 안부를 물어왔다. 내가 대답했었지. 깨어지고 끊어진 그대로가 좋아. 거기서는 꾸미지 않은 바람소리와 때로는 동물들의 애절한 울음소리도 들려. 그래서 나의 메마른 꿈도 언젠가는 아름다운 소리로 나를 위로해주게 될 거야.

양로원의 스웨터

나는 오늘 치매에 관해 이야기하려는 것이 아니다

잊혀짐과 버려짐에서 쓰고 싶을 뿐이다

햇살자락 끌고 아침이 거닐고 있을 때

혹은 코스모스 가득한 기차역에서 기다리던 사람들 모두 태우고 떠
나갈 때

의자 저쪽에서 삐걱이는 소리

주판에서 꺼낼 수 있는 엽전만한 추억

상수리나무에서 건너온 유년의 참새총

버들피리 함께 앓던 오선지의 떨림

그대가 나를 아주 잊었다고 생각해보았다

언젠가 넌지시 놓고 간 마지막 기별처럼 이제는 비어 있는 뜰에

내 것일 수 없는 내일, 검은 옷자락이 쓰러진다

구멍 난 스웨터를 뚫으며 들려오는 바람소리

버려진 가난한 나의 침상에

내가 그대를 잊기 전에 나를 버린 이 세상 끝에 밤이 오고 있다.

플러싱의 한 양로원에는 한인 노인들이 많이 계셨고, 주일마다 남편과 나는 그곳에서 예배를 드렸다. 몇 년 동안 우리는 많은 것을 생각할 수 있었고, 또 생각도 변했다. 생을 마감하기 전에 어떤 모습일 수 있는가. 치매로, 깊은 병환으로, 중풍으로 움직이기 힘들게 된 어르신들을 먼 산 쳐다보듯 할 수밖에 없었던 것은, 마지막 길에 중요한 것이 없는 믿음을 생기게 하여 소망을 주고, 믿음이 있는 사람들을 붙들어 더욱 굳건히 해야 한다는 남편 생각이었다. 간간히 사람들이 찾아와 찬양도 해주었다. 식당에서 식탁과 의자를 한 곳으로 치우고 예배를 보았기 때문에 더러는 그 일을 도와주는 청년들도 있었고, 꽃을 보내주는 친구도 있었다.

잊을 수 없는 어르신 몇 분이 계시다. 한 분은 앞을 못 보게 되어 양로원에 계셨는데, 식당 바로 옆방에서 소일거리인 TV도 볼 수 없으니 늘 침대에 누워계셨다. 내가 "같이 예배 보세요." 하고 방 안으로 들어서면 돌아누우셨다. 그렇게 누워서 찬송과 설교와 성경말씀을 들으신 지 3년이 지나고, 예배에 참석하고 싶다고 간호사에게 요청한 후 세례를 받으셨다. 어느 예쁜 할머니는 나만 보면 "언니, 어디 갔었어." 하고 매달리고 내가 양로원을 나서면 가지 말라고 떼를 쓰며 우셨다. 내가 그분의 언니를 닮았던 모양이지만, 나는 그 눈빛에서 넘치는 그리움을 보았고, 마치 뿌리치기 어려운 쓸쓸함으로 눈물겨웠다. 생일잔치를 하는 매달 첫 주일이면 내가 만들어간 생일축하 케이크에 촛불을 잔뜩 켜고, 생일축하 노래를 손뼉 치며 부르는데, 표정 없던 치매 어르신 눈에서 흐르는 두 줄기 눈물로 목이 메어오기도 했다.

우리가 이사 오면서 마지막 예배를 본 후, 한 분씩 안아드리고 떠나던 날은 비가 몹시 내리고 있었다. 많은 어르신들이 우리를 배웅했다. 양로원은 한 분이 떠나시면 차례를 기다리시던 다른 어르신이 그 자리에 들어오신다. 치매로 아들딸도 못 알아보시지만, 찬송을 부를 때는 가사를 다 기억해서 함께 부르시는 분도 여럿 있었다. 이제 우리와 함께 시간을 보내던 많은 분들이 세상을 떠나고 그 자리를 다른 분들이 메꾸고 있을 가난한 침상을 기억하며 오늘 그리움의 시를 쓴다.

빨강 맨발의 산비둘기

가을이면 산과 들에 산수유, 찔레며 온갖 열매가 익고, 풀씨가 여물어 새들의 먹이가 되지만, 겨울이 오고 2월이 되어서는 굶주리게 된다. 나는 첫눈이 내릴 즈음이면 산새 모이를 가득 준비한다. 부엌 앞의 발코니에는 먹이를 찾는 아름다운 새들이 날아오기 시작하여, 눈 덮이고 나무 이파리가 다 떨어진 삭막한 겨울 풍경의 쓸쓸함을 기쁘게 만드는 일이다. 이제 불루제이, 붉은 카디날, 참새… 등 이름 모를 새들이 나의 창가에서 지저귀니 정겹고 따스하다. 한 번도 볼 수 없던 산 깊숙이 사는 새들도 날아온다. 창가까이 가거나, 문을 열면 새들은 숲속으로 날아가는데 산비둘기들은 아랑곳하지 않는다. 생김새도 깃털 빛깔도 수수하고 빨간 맨발의 산새, 이름은 Mourning Dove, 한글사전에는 '애도 비둘기'라고 적혀 있다. 어느새 나는 산비둘기를 좋아하게 되었다. 나의 겨울은 그렇게 지났다.

나의 시(詩) '폐경기' 시리즈를 읽고, 만나고 싶어 찾아온 그 분을 반겨 작년에 말려놓은 박하차를 마시며 이런저런 이야기를 나누었다. 폐경기를 힘들게 지내는 듯 보였다. 다시 만날 약속도 없이 떠나고 남겨놓는 선물상자를 여니 조화 장미 바구니가 들어 있었다. 투명한 플라스틱 바구니에 큼직한 분홍 장미 조화 몇 송이가 탐스럽게 담겨 있었다. 나는 은근히 '이 산 속의 어느 장소에도 이 조화 바구니는 어울리지 않아.' 하며 둘 곳을 찾았지만, 마땅치가 않았다.

쑥을 잘라 거꾸로 매달아 놓는 처마 밑 그늘진 곳에는 통풍이 잘 된다. 마늘도 줄기를 땋아 걸어놓고 시래기도 말리기에 좋은 장소이다. 처마 밑에는 나무 선반이 있는데, 그 선반 위에 조화 바구니를 올려놓고는 오랫동안 잊고 있었다. 거름이 좋아 쑥은 대를 올리며 쑥쑥 자라고, 그 향기로움이 늦봄을 더욱 풍요롭게 한다. 쑥을 가득 잘라 새끼줄로 묶고 놓은 처마 밑으로 갔다. 조화바구니가 눈에 거슬렸다. '오늘은 버려야겠어. 미안해도 할 수 없지.' 혼잣말을 하며 바구니를 드는데 묵직하다. 나는 놀라 뒷걸음질치니 나보다 더 놀란 새 한 마리가 뛰쳐나와 선반 위에 앉아 나를 내려다본다. 조심스레 바구니를 꺼내보니, 어느새 지푸라기로 둥우리를 만들고 하얗고 조그만 알 두 개를 낳아 품고 있는 중이었다. 나는 제자리에 바구니를 올려놓고 두 손으로 조심스레 어미 산비둘기를 들어 올려 계속 알을 품도록 해주었다.

봄에 새들이 새 둥지를 만드는 것. 마른 지푸라기들을 입으로 물어오고 젖은 땅에서 진흙을 옮겨와서 서로 엉키게 하기를 며칠, 또한 새들은 숲에 사는 부엉이 같은 위험한 동물이 가까이 할 수 없는 안전한 곳을 찾아다니는데, 처마 밑이니 비도 들이치지 않고 새끼도 먹히지 않을 곳으로 조화바구니가 제격이던 것이었다.

참으로 부끄러운 일이다. 나 스스로 생각하기를 어떤 경우라도 무엇을 업신여기거나 으쓱대는 사람이 아니라고 여겨왔는데, 은근히 조화를 가져온 사람의 성의를 하찮게 여기고 있었다는 것을 들켜 버리고 만 것이다. 나에게는 쓸모없는 것이더라도, 그것이 어느 곳에서는 신비한 일을 만들고 있다는 것을 새삼스러워한다. 새의 둥지에서 아기 새가 태어나는 그 신비로움! 그 비밀스러움!

세상 사는 일은 참으로 애처롭도록 아름다움이 있다. 산에서 상쾌한 바람이 불어오니 새로운 느낌으로, 미안한 마음을 추스른다. 이제 아기 새가 태어나면 무엇을 선물할까 궁리하며 혼자서 소리 내어 웃어본다.

오늘도 나의 일기에 마침표를 찍지 못하는구나

아름드리 참나무가 만드는 도토리의 숫자는 헤아릴 수 없이 많다. 사월 산 벚꽃 몽오리가 터질 무렵이 되어서야 모든 잎을 내려놓고 새 순을 내는 참나무. 갈색에서 점점 베이지색으로 색을 잃어가면서도 잎을 매달고 있어 겨울도 포근하다. 가을비가 내리고 바람 부는 날이면 지붕이며 베란다로 도토리 떨어지는 소리가 다람쥐들의 향연을 음악으로 만든 것 같다. 누군가의 자필 악보를 몰래 펼쳐보는 상상으로 가을밤은 깊어만 간다.

잔디에 떨어진 도토리들을 말끔히 치우지 않으면, 봄이 되어 여기저기 아기 참나무가 뿌리를 질기게 내려서 깔리니 여간 성가신 게 아니다. 그렇게 긁어내고 주워낸 도토리는 산에 버린다.

내가 일하는 곳 앞길에 빈 박스를 엎어놓고 그 위에 보자기를 씌운 좌판. 도토리묵을 파는 할머니가 계셨다. 한 모를 사다가 양넘해서 무쳐놓으니 누구도 흉내 내기 어려운 옛날 할머니의 도토리묵의 참맛이었으니 너무 놀라웠다. 김포의 뒷산에서 도토리 줍던 코흘리개 어린 나의 모습이 어른거렸다. 그렇게 도토리할머니는 나의 벗이 되었는데, 근방의 공원에서 가을이면 도토리를 주워다가 손수 만드는 거라시며, 도토리가 별로 없다는 게 아닌가. 그날부터 나는 열심히 도토리를 주워드리고 맛있는 묵을 얻어다 먹게 되었다.

몇 년이 흐르고, 어느 날 도토리할머니는 이렇게 진짜 도토리묵을 만드는 사람이 미국에는 없을 것이라며, 나에게 감칠맛나는 비법을 일러주시겠다는 약속을 받았다. "할머니 저 어디서 일하는지 아시죠?" 하며 손가락으로 간판을 가리키니 "알고 말고. 도토리나 많이 주어와요". 철석같이 또 다짐을 받아놓았다. 그동안 산에다 내버린 도토리에서 수도 없이 많은 도토리나무가 자라나고 있었으니 언젠가는 뉴욕에서 가장 맛있는 묵을 만들 상상도 해 가며 꿈 많은 겨울을 지낼 수 있었다.

그러나 다음 가을이 되고 내가 모아놓은 도토리가 말라갈 때에도 도토리할머니는 나를 찾아오지 않으셨고 좌판도 없이 괜스레 기다림만 쌓이고 있었다. 늙어서도 길거리에서 묵을 해서 팔아야 했기 때문이었을까. 도토리할머니의 쓸쓸하던 눈빛에서 잊었던 고향의 뒷산의 버섯이며 할미꽃 밤나무 가축들의 울음소리를 다시 기억하며 기다렸다. 그러나 그 할머니는 만날 수 없었고, 나도 더 이상 그곳에서 일을 하지 않게 되었으니 또 하나의 기억을 접고야 말았다. 안녕. 안녕….

숲에서 나무들은 아무 일 없다는 듯 햇살과 바람을 즐기며 자라

나고 있지만, 다시는 만날 수 없는 기억들이 자꾸자꾸 늘어나니, 오늘도 나의 일기에 마침표를 찍지 못하는구나.

배려에 대하여

내가 청력장애로 대화가 어려워졌을 때 겪었던 여러 반응들을 다시 한 번 생각해본다. 측은하게 여기는 사람부터 앞에 놓고 무안을 주는 이도 여럿 있었다. 그러나 한사람 한사람의 장애인을 대하는 태도로 아주 손쉽게 어느 사람이 진실된 나의 이웃인가를 알아차리게 되었다.

말하자면 우리 집 뒷숲에는 여러 가지 나무가 우거져 여름이면 모두 친근해 보이지만, 낙엽이 지고 나면 늘 푸른 나무들의 정다움이 보이고, 그 위로 눈이 내려 눈부시게 돋보이는 나무들을 만나 바라보듯, 나를 배려해주던 사람들은 겨울 늘 푸른 나무처럼 푸근하게 내 마음속에 녹아 있는 것이었다.

박 감독님은 은퇴 후 뉴욕시립도서관의 한국서적 담당으로 계셨던 인연으로 알게 된 후, 함께 여러 가지 행사를 주관할 기회가 있었다. 그분은 나를 만나러 나오실 때, 노트와 펜을 잊은 적이 없으셨다. 잘 이해가 안 되어 무표정이 되면 노트를 열고 그림까지 그리시며 내가 이해하도록 배려를 하셨는데, 그 노트북이 하도 믿음직스럽고 따스하여 탐나기까지 하였다. 끝까지 다 쓰면 주시겠다더니, 그렇게 홀쩍 떠나시다니. 장례는 서울에 있어서 참석하지 못했지만, 그날 낭송된 나의 시로 서로 위로의 흐느낌을 나누었다고 한다.

가시네, 홀로 가시네...
　　　　　　박종호 감독님께

들길을 가시네.
홀로 가시네.
낭만의 등불을 들고 우리에게 오시던 그날처럼
들꽃 만발한 꽃길을 걸어가시네.
원탁에 둘러앉은 우리들에게
쉽게 쓰인 시詩처럼 하루를 살지 말라시던 깊은 음성
삶을 깨달음으로 채워주시고 가시네.
오월을 뒤로 하고 가시네.
가을이면 서울에 가서 뵙겠다던 나를
기다리지도 않으시고 봄을 밟고 가시네.
낭만을 벗어두고 가시네.
꽃송이마다에 얹히는 향기를 내려놓고 가시네.
기다리지 않고 가시네.

축배하던 순간들,

영화를 사랑하던 명동의 추억들,

윤동주 시낭송의 밤,

함께 걷던 뉴욕의 밤거리…

십자수 놓듯 엮으시던 비밀스런 희망도

남겨두고 떠나시네.

꽃길의 끝은 지금도 보이지 않네.

사랑하던 흔적을 마음에 남기시고 끝없는 길을 홀로 가시네.

오월에 떠나신 사랑하는 분이여.

다시 만나요. 끝맺음할 수 없는 나의 시詩가 흔들려

다시 만날 기약으로 기다리고 있겠네.

그 후로 나는 청신경 이식수술이 성공적으로 끝나서, 오른쪽에 보청기 장치를 했다. 어떤 분은 언제나 넌지시 걸을 때나 앉을 때 나의 오른쪽에 있어 그의 말을 내가 더 잘 듣도록 배려를 해주곤 한다.

또 다른 배려.

뉴욕의 키세나 파크에서 어린이 미술대회가 열리는 날이었다. 심사위원으로 나가는데 함께 가서 공원의 푸르름에 젖어보자고 하여 따라나섰다. 파크가 넓으니 모이는 장소를 잘 몰라 그분의 차를 따라가기로 했다. 예상대로 수많은 사람들이 나와서 주차할 곳을 찾기 어려웠는데 방금 누군가가 나갔는지 아주 좋은 자리가 난 것이다. 송화백이 그 앞에서 깜박이 신호를 넣어주고는 떠나지 않는다. 나는 남에게 빼앗길세라 얼른 주차를 하고는 차 안에 앉아 기다렸다. 한참 후에야 걸어온다. 마음 같아서는 나가서 '정말 고마워요.' 하며 칭찬을 아끼지 않고 싶었으나 데면데면한 나로서는 그저 가볍게 인사를 할 뿐이었다. 나보다 나이가 적으면 그럴 수도 있겠지만 그것도 아닌데. 그날 이후로 '송 화백, 대단히 남에 대한 배려를 아끼지 않은 분'이라는 꼬리표를 내 마음속에 간직하게 되었다.

해결할 일이 있다고 어느 분이 점심 초대를 했다. 아침에는 골프 약속이 있으니 끝날 때쯤 클럽 식당으로 오라면서, 식당 앞에 넓고 시원한 호수가 있어서, 그 풍경을 바라보고 식사를 하면 소화가 잘 된다고 덧붙였다. 일찍 골프가 끝나서 벤치에서 기다리고 있다가 나를 반겨 식당 안으로 들어섰는데 사람들이 북적대어 한 곳만 비어 있었다. 의자는 두 개. 그는 저벅저벅 먼저 들어가더니, 호수가 정면으로 보이는 의자를 꺼내어 앉는 것이 아닌가. 나는 어물쩍거리면서 그 앞에 앉으니 호수 풍경은 내 뒤통수에서 빛나고 있는 것이었다. 늘 호수 풍경을 보아 오셨으니 오늘은 저에게 양보하셔야 하는 거 아니냐는 말이 하고는 싶었지만, 물론 즐거운 척 담소하며 식사를 했으나, 그에 대한 꼬리표에는 '소화가 잘 되도록 무척 노력하는 사람, 아니면 소화 장애가 있는 분'이라고 적었다.

상어도 얼어 죽었다는 지난겨울 추위에 우리 집의 대나무밭이 그대로 죽어 지금은 이파리들까지 말라 떨어지고 있다. 견디느라 얼마나 힘들었을까, 얼마나 힘들었을까. 그러나 이제 땅에서는 수

많은 죽순들이 올라와 다시 보란 듯이 새롭고 우렁차 보이는 대나무숲이 될 것을 기대한다. 너도나도 서로를 배려하는 새순을 만들어 진정한 이웃들의 다정함을 생각한다.

동풍(東風)아 불면 말똥냄새가 난다

텃밭이 있는 곳으로 이사할 계획으로 집을 찾고 있다가, 이 집을 보고는 조금도 망설임 없이 정한 것은 뒤뜰에 무더기로 피어 있던 보랏빛 제비꽃 때문이었다. 그 흔한 서양꽃 한 송이 키우지 않고 잔잔하고 정감 가는 풀꽃으로 정원이 꾸며져 있었다.

전 집주인인 노부부가 열쇠를 건네주며 "우리가 40년을 이렇게 가꾸었다오. 그러니 앞으로도 세상에 둘도 없는 풀꽃 정원을 아껴주어요." 하며 눈물을 흘렸다. 그 눈매 어진 부부는 결혼해서 처음 장만한 집에서 그렇게 소박하게 살다가 은퇴하여 날씨가 따뜻한 남쪽으로 이사를 했다.

그러나 나는 땅을 파고 앵두, 나주배, 감나무를 심고, 울타리를 쳐서 닭과 오리를 기르기 시작했다. 퇴비를 만들고 모종을 심어 오이, 가지 등 텃밭을 가꾸었다.

어느 날 옆의 빈터에 사람들이 기계차를 가져와서 아름드리나무를 다 잘라내고 집을 짓더니, 수영장까지 널찍하게 마련해놓는 것이었다. 우리 집보다 지대가 낮아서 내가 내려다보면 그 집 지붕이 보였다. 팔짱을 끼고 내려다보니 창문이 천정높이까지 나 있는 현대식 건물이니 뭘 하는 사람들인데 저렇게 멋진 설계를 하였을까 내심 부럽고 궁금했다. 물론 걸맞게 멋있는 사람들이 이웃이 될 것으로 여겼다.

두말할 것도 없이 이웃을 잘 만나야 사는데 불편함이 없다. 얼마 전 신문에는 기르던 개 때문에 동물학대 혐의를 받은 사람의 기사가 큼직하게 실려 있었다. 차가운 바람이 창문을 흔들고 사방이 꽁꽁 얼어붙은 겨울의 새벽에 경찰이 문을 두드렸다. 바로 건너 집에 사는 금발의 미녀가 '앞집 개가 현관문 앞에 쭈그리고 있는데 얼어 죽었는지 봐 달라'는 전화신고를 받고 나온 것이다. 분명 개 주인이 개가 말썽을 피운다고 추운 겨울에 내쫓아냈을 것이라며 삿대질까지 해대었다. 그리고 "그 개가 살이 디룩디룩 쪘으니 얼어 죽지 않았지!" 하며 동물학대죄로 넘겨졌다. 재판이 시작되어 개는 동물보호소에서 빼앗아갔다. 개주인은 밤에 벽난로에 장작을 가지러 밖에 나갔는데, 개가 따라 나온 것은 전혀 몰랐다고 진술했다고 한다. 내 생각은 개가 디룩디룩 살이 쪘다는 것으로 보아, 주인과 갈비도 나눠먹으며 귀염을 독차지했었음에 틀림없다. 앞집 사는 금발의 미녀와 개주인은 무슨 이유에서인지 오래 전부터 무척 사이가 좋지 않았다니 말이다.

신문에서 이 기사를 읽고 있는데, 또 아랫집에서 시끄러운 소리가 나기 시작해서 내려다보니, 이제는 우리 집과 마주 보이는 산 중턱에 마구간을 짓고 있는 것이었다. 그리고 말들을 데려와서 근사한 승마복으로 차려입고 승마를 시작하더니 조랑말에 아이들까지 태우고 함께 산 깊은 곳으로 사라지곤 했다.

산의 향기로 가득한 나의 조촐한 농장에 사는 개구리, 거북이, 달맞이꽃과 개망초까지 우리 모두의 평화가 깨어지고 말았다. 나의 편인 개들이 수없이 짖어대는 것은 당연한 일이었다. 예상대로 무시무시한 개를 끌고 무지막지하게 커다란 몸집의 아랫집 여자 주인이 나를 찾아온 것이었다. "당신네 개들이 왜 우리 집 울타리까지 내려와서 시끄럽게 짖는지 몰라요. 게다가 못 참겠는 것은 동도 트기 전에 수탉이 울어대는 거라니까요!" 하고 을러대었다.

개나 닭이나 짖고 울게 되어 있는 것이고, 그 소리가 '나비부인'보다도 나를 더 즐겁게 하는데 못 참겠다니. 수영장 파티를 한다고 밤늦게까지 못된 음악을 틀고 못 참을 정도의 형편없는 색깔의 등불을 밝히고 떠드는 아랫집 사람들과 비교할 수 없이, 맑고 청아한 것들로 가득한 나의 집. 턱 위쪽에 버티고 서서 아담하게 즐거움을 주고받으며 사는 우리는 얼마나 고상한가!!

오늘처럼 동풍이 부는 날이면 아랫집 마구간에서 실려 오는 말똥냄새가 가득하다. 웅덩이에서 놀고 있는 금붕어들도 물 깊숙이 들어가고 옥토에 사는 우리 지렁이들도 꿈틀대며 못 참겠다고 한다. 저 자신은 제대로 무엇을 하는지 알지도 못하고 생각조차 할 줄 모르는 사람들, 남의 말 하기에 바쁜 사람들, 수단 방법을 가리지 않고 남을 밟고 올라서는 것을 즐기는 사람들. 그리고 진정한 아름다움을 모르는 사람들은 정말 못 참겠다.

머리에 수건을 쓰고 김을 매다가 허리를 펴고 하늘을 바라보면 산새가 떼를 지어 뭉게구름 사이를 여유 있게, 저 멀리 보이는 바다를 향해 나르는 모습도 볼 수 있다. 네기 돌보아준 만큼 수확을 안겨주는 토지의 정직함 때문에, 자신에게서 풍기는 말똥냄새도 알지 못하는 겉모습만 멀쩡한 사람들 때문에, 여러 가지 상념에 젖게 하는 나의 뜰에는 소식도 없이 다가오는 풍요로운 하루가 손을 흔들고 있구나.

빨간 우체통에 배달된 편지를 기다린다

나뭇가지에 걸어놓은 새집도 빨갛고 우체통 또한 반짝이는 빨간 페인트칠을 하고 검정색으로 주소 세 개 숫자를 붙이니 매일매일이 느낌표 같은 기다림이 되었다. 이제는 누구도 손글씨 편지를 보내지 않지만 가끔씩 여행 중에 보내주는 기념 우편엽서가 와서 문득 나도 떠나고 싶은 마음을 흔들어 깨우기도 한다.

태풍이 오면 전기가 나가는 것은 당연하다. 전기회사에서 전기를 연결해 놓은 곳의 쇼핑몰에는 발 디딜 틈이 없고, 전기 아웃렛마다 전화 배터리를 충전하느라고 법석이다. 휴대전화와 컴퓨터 없이는 불안한 시대에 살면서 빨간 우체통의 손편지를 이야기하는 나는 이제 유행지나 아무도 쳐다보지 않는 고물상의 물건이 된 것이다. 나는 기다림이 있던 시절에 살았으니까, 편지에 우표를 붙이고 보내면 답장을 기다리고, 다방에 앉아서는 약속한 사람을 기다리면서 "커피 한 잔을 시켜놓고 그대 오기를 기다리네". 하염없이 기다리던 기억이 있으니까.

그래도 편지에 대한 깨소금 같은 기억도 있다. 그날도 나는 편지를 보내기 위해서 우체국에 갔는데, 기다리는 사람들이 건물 밖까지 긴 줄을 만들고 있었다. 나와 내 친구도 줄 뒤에 붙어 서서 무슨 재미있는 이야기를 하느라고 소곤대며 크게 웃기도 하여 지루하지 않았다. 그러다가 갑자기 너무 크게 웃던 친구가 배에 힘이 들어간 탓에 허리춤의 단추가 떨어져 나가고 미니스커트가 그대로 벗겨져 땅으로 흘러내린 것이었다. 조용히 일을 처리했으면 주위의 시선을 집중시키지 않을 수도 있었겠는데, 너무 놀란 친구가 비명을 지른 까닭에 많은 사람들의 재미스런 연극의 주인공이 되어 버렸다. 친구는 치마를 올려 허리를 잡고 함께 정신없이 뛰어서 뒷골목에 들어섰다. 너무 웃으며 뛰느라고 눈물이 줄줄 흘러내렸다. 그런데 쥐고 있던 편지를 잃어버리고 말았다.

그 후로 나는 눈물 나도록 크게 웃어본 적이 없다. 지금 그렇게 한 번 웃어보고 싶다. 그대들도 나와 함께 웃고 싶지 않은가? 단추가 떨어져 나가도록 재미있는 이야기를 들려줄 사람 어디 없는가?

빨간 나의 우체통에 손글씨 편지를 토요일마다 받아볼 수 있게 해줄 친구 어디 없는가? 베트남으로 전방으로 얼굴도 모르는 군인아저씨들께 열심히 위로의 편지를 쓰던 여학생 시절의 학교 책상이 생각난다.

잡글을 쓰면서…

누군가가 나의 글에 "잡글이나 쓰면서…"라는 토를 달았다.

나는 꼭 망가져야 더 좋은 글쟁이가 되는가 여러 번 생각해 왔다. 그럴 수도 있는 일이다. 흐트러지고 능수능란한 표현과 술에 취해서도 붓을 휘둘러야 제대로 된 예술인이 되는 것인가도 생각해보았다. 나처럼 단정하고 네모나고 메마른 글에 매력을 느끼는 사람은 잡글을 쓰는 사람인가도 생각해볼 것이다. 닿을 수 없는 곳에 있는 것들에 대한 나의 질투심이라고 지적하는 사람도 있었지만, 나는 계속해서 나다운 잡글을 쓸 것이다.

오늘 나는 동이 트자마자 포도밭에 나가서 전정가위를 들고 가지자르기를 시작했다. 포도는 묵은 가지에서는 열매를 맺지 않고 작년에 새로 뻗은 가지에서만 포도가 여는데, 내가 자른 가지의 양은 아마도 포도나무의 70퍼센트는 된다. 그래야 열매가 실하고 나무도 튼튼해진다니.

잘라내야 할 것을 적당한 시기에 제대로 잘라내야 글도 사람도 이 세상도 풍성해지는 것이거늘. 아….

편집후기

이화여고 교지는 주간지로 고등학교 시절을 거의 신문 만드는 일에 써버렸다. 일단 그 주일 교지에 실릴 글들을 하나하나 계획하고 나서는, 기사와 교사 가정방문기 등을 쓰고, 시와 잡글도 쓰고, 청탁한 원고를 받아 정리가 끝나면 편집이 시작된다. 어떤 글이 앞에 들어가야 하는지, 사진의 배열은 어떤 것이 효과적인지, 활자 크기까지 좋은 신문을 내놓기 위해서 신경을 집중하곤 했다. 매주 화요일 아침이면 잉크냄새가 갓 구운 빵 냄새처럼 다정한 『거울』지를 몇 천 명의 학생들에게 나눠주는 것은 비교할 수 없는 기쁨이었다.

농사짓는 일도 이와 같이 시작할 때 계획을 세우고, 땅을 편집하듯 마음도 다소곳하고 걸맞게 꿰어 넣는 것. 1년도 이와 같고, 또한 한세상 사는 일도 이와 같으리라. 나는 겨울 내내 파를 화분에 심어 뜯어먹는다. 그늘지고 따스한 곳에서 자라는 움파는 너무 부드럽고도 향기로워서 음식맛이 겨울에도 봄맛이다. 파 곁에서 이렇게 꽃이 피어주니, 창밖의 눈 쌓인 풍경으로 시든 나를 환하게 밝혀주는구나. 이제 씨를 심고 싹이 나기를 기다린다. 내가 사는 곳은 북쪽이라 오월 중순까지 서리가 내려서 농사를 망치기 때문에 늦장을 부린다. 천천히 천천히… 자연이 나에게 시키는 대로… 천천히… 아주 천천히….

나는 편집이 끝나면 일단 원고를 인쇄소에 넘기고, 학교에 돌아와 컴컴한 신문반 책상 위에 앉아 편집후기를 썼다. 다른 어느 글보다도 차분하게 또한 정성들여 썼으며 맨 마지막 남겨둔 공간을 그 글로 채웠다. 지금 나는 편집후기를 쓰는 마음으로 나를 가다듬는다. 어쩌면 내 삶에서 편집후기를 써야 하는 시간 앞에 서 있는지도 모른다는 생각이 들었기 때문이다. 그 전에 올해 농사를 시작하며, 가을에 쓰게 될 풍성한 농사 후기를 계획하면서 벼가 익으면 고개를 숙인다는 말 앞에 모든 것을 내려놓기 위해 노력하리라 다짐해본다.

로마의 휴일

애너벨리. 영화의 흔들리는 여운. 나를 휘감는 연보랏빛 안개여. 오늘은 시(詩)를 써야겠네.

잃었던 기억 속, 명동의 비둘기들은 다 어디로 간 것일까. 그대 좁은 골목을 돌아 인연처럼 나를 만나네. 로마의 휴일. 그 추억이 시작되리.

우리는 함께 걸으며, 그가 명동성당으로 이르는 길을 알려주는 동안 선명히 떠오르는 사랑의 노래가 시작된다네. 흔들리는 보트 안에서 춤추듯 가벼이 걷네. 하나둘셋 하나둘셋….

명동돈까스 간판을 가리키는 그대의 손. 우리는 생맥주를 시켜 건배하고 수채화처럼 거리를 메우는 사람들의 아름다움을 이야기하리. 앤 공주의 웃음이 맥주잔에 잠기네. 사랑이 잠기네. 속삭이듯 넘쳐드는 날개 퍼덕이는 대화가 좁게 열린 하늘로 비상하는 동안 나는 그대의 아름다운 모습을 바라보네. 애너벨리 사랑 노래가 웃음으로 곁에 앉을 때, 그대 손가락으로 머리칼을 끌어올리는 움직임. 바람으로 와서 바람으로 떠나듯 떨림으로 나에게 오네.

나의 외로운 손이 그대 팔짱을 끼고 불빛 찬란히 다가서는 거리를 떠나네. 낯선 길. 여기가 어디인가요? 옛날 헌책을 팔던 청계천에는 나 먼 데 살고 있는 동안, 원시의 바위가 옮겨지고 숲이 흐르는 물을 따라 나를 기다리네. 그가 앞서 층계를 내려가는 동안, 나는 그의 뒷모습에 꿈을 얹어놓고 있었네. 층계 끄트머리에서 나의 손을 잡아 물길을 건네주며 우리가 함께 웃네.

애너벨리. 사랑은 떠나던가. 사랑은 흐르던가. 로마의 휴일, 그 스물네 시간이 흐르는 물속에 잠기는 동안 마주 앉은 주막집. 사진사처럼 그대의 벗이 함께 하여 우리는 별과 바람과 뜨거운 윤동주의 시를 읽는 동안, 그대의 깊은 눈동자 가라앉는 그림자를 바라보네. 솔향기 가득한 언덕을 보네. 우리는 종로를 걸어서 조금 비틀거리는 자동차들의 행렬을 피하며 포장마차에 가리. 밤이 소리 없이 깊어가, 거기서 나는 이별을 보네. 떠나야 할 이별을 마주하며 잔을 기울이네. 잊지 않으리. 은빛 포장지에 싸여 하늘색 리본이 매어 있는 그대의 선물. 로마의 휴일… 아… 애너벨리.

1호선 전철역에서 우리가 헤어지네. 뒤돌아보지 말아요. 슬픔처럼 아니 우리의 포옹이 떠나야 하는 아픔처럼 거기 있었네. 뒤돌아보지 않고 층계를 내려가며 영원히 그 선물을 열지 못하리라는 가을빛 닮은 눈물이여. 애너벨리, 살아있는 한 이곳의 방문을 기억하겠어요. 앤 공주의 마지막 목소리. 바람 한 점 없는 겨울 산에 가득한 소나무 위로 눈이 쌓이고 있을 때에도 그대를 기억하리.

사랑이 오거든. 비로소 내가 나에게로 걸어오는 소리를 듣네. 아름다운 발자국소리를 듣네. 꽃의 화석으로 나에게 머무는 그대를 기억하리. 비가 내린다. 애너벨리. 마지막 시(詩) 구절을 외우네. 달이 비칠 때면 아름다운 애너벨리의 꿈을 꾸게 되고, 별이 떠오를 때면 나는 아름다운 애너벨리의 눈동자를 느낀다오. 그리하여 나는 밤새도록 나의 사랑, 나의 생명, 그리고 나의 신부 곁에 눕는다오. 거기 바닷가 무덤 파도 소리 들리는 바닷가 그녀의 무덤 안에.

우리들의 귓속말

페친 한 분이 "제주도에는 가을을 알리는 비가 어제 저녁부터 내린다."는 글을 보내왔다. "여기도 가을비가 내려요. 시간은 아프게 흐르고요."라고 답을 보냈다.

가을. 풍요로운 계절이지만 아픔 또한 잔잔히 흐르는 부드러움에 마음을 맡기기로 한다.

"'아프게 흐르는' 시간은 지나간 시간에서 아쉬움이 남는다는 말씀이겠지요."라는 댓글을 읽으며 눈물이 흐를 것 같은 정겨움에 젖는다.

이러한 좋은 댓글의 오고 감을 '우리들의 귓속말'이라고 이름하기로 한다.

나는 남의 집 진돗개에게 팔을 물어뜯긴 적이 있다. 개 주인과 담소하는 중에 갑자기 개가 달려든 것이다. 진돗개는 문 다음에

혼들어대었는데 순식간에 피가 솟구쳐 올랐다. 병원으로 실려 가서 스물네 바늘을 꿰매었고 엑스레이 결과 다행히 뼈에는 문제가 없었다. 상상 못할 상처의 통증이 마취제로 풀리는 순간에 이상하게도 그 통증이 마음속 깊이 전이되어 오는 것이었다.

상처의 깊이에 따라 흉터의 크기가 고스란히 남게 된다. 마음의 상처를, 아픔을 다스리는 동안에 가을비처럼 쓸쓸함의 다리를 건너야 하는 걸까. 진돗개가 내 팔에 송충이 같은 흉터를 남겼는데 스물네 바늘자국이 송충이의 껍질 마디를 만들며 아물었기 때문이다.

지금처럼 살면서 다가오는 이 아픔의 순간들이 남기게 되는 흉터는 어떤 모습일까. 아, 여름의 꽃들이 시들기 전에 화석으로 남은 아름다움을 마음속에 그려보면서 가을을 재촉하는 빗속을 걷고 싶다.

아픔을 서로 위로해주는 정겨운 귓속말로 마음을 달래며.

가을, 겨울 그리고 봄

지난 가을은 늦도록 날씨가 추워지지 않아서 단풍들이 오랫동안 가지에 머물러 있었다. 그러다가 눈이 내렸다. 무명치맛폭 흰 뜰 위로 할머니 손처럼 다정한 낙엽들이 무더기로 떨어져 가을 무늬가 판화 같고, 창백한 겨울에게 보내는 위로의 노래 같기도 했다.

그리고 겨우내 눈이 쏟아져 내렸다. 골목마다 가르마 같은 찻길을 썰매 타듯 미끄러지며 돌아다녔다. 눈이 녹으면서 밤이 내려 얼어붙은 빈 가지마다 얼음꽃이 화사하였고, 장작 타는 냄새와 옛이야기와 이런 눈은 처음이라는 인사를 나누는 동안에도 또 눈이 내렸다.

눈을 쓸어 모아놓은 담벼락 위로 또다시 눈이 내리고 우리는 눈 더미를 삽으로 다지고 구멍을 파내면서 에스키모의 집을 만들었다. 이글루. 단단하게 만들기 위하여 물을 퍼다 부어 얼리기도 하고 그럴듯하게 벽돌자국 무늬도 새겨 넣고 나니 펭귄이 만나고 싶어졌다. 그 속으로 기어들어가서 쭈그리고 앉아 있으려니 사방은 겨울빛이 스며들어 먼 데서부터 물새 깃털 치는 소리를 불러와서 함께 젖어들었다.

그곳에는 너도 있었고, 무심한 어제도 잊었던 체온도 죽어간 밍크들의 울음소리도 있었으며, 열린 입구만큼의 분홍빛 희망도 잊지 않고 찾아와 주었다.

우리는 지독한 감기에 걸렸다. 잿빛 기침과 거무스레한 두통이 어둡게 쫓아다녔다. 마땅히 떠나야 할 사람이 손을 흔들어도 야속하고 드디어는 나까지도 눈보라를 닮아가는 듯했다.

우리는 울긋불긋한 여름옷을 꺼내들고 자메이카섬으로 갔다. 조그마한 파인애플과 오렌지들이 감빛 태양 아래에서 빛나고 자메이카 처녀들이 맨발로 북소리에 맞추어 춤을 추면 야자수도 흥에 겨워 장단 맞춰 훌라춤을 추었다. 암초가 가득하다는 먼 바다는 짙푸른 색으로 누워 있고 해변가에는 바다 속의 산호를 구경 나가는 사람들로 가득했다.

무성한 초록빛 계절이 절벽 위에서 소리치고 나는 덩달아 박수를 치며 세찬 빗줄기가 되어 꽂히는 꿈을 만들고 있었다. 그 꿈은 뉴욕에 두고 온 겨울로 돌아가서 무채색으로 처져 있던 어깨를 다시 펴고 일어설 수 있으리라는 갈등의 끝을 만나는 일이기도 했다.

시내로 나가는 관광버스를 타고 상가에 들어서자, 여기저기서 물건을 팔려는 끈끈한 목소리들이 들떠 있었다. 싸게 줄게요. 예쁜 동양 아가씨, 얼마면 사겠어요? 불러 보세요. 옛날 아현동 시장에서 깎지 않으면 아무 것도 살 수 없었던 시절이 그곳에서 나를 부르고 있었다. 나는 몇 개의 목각을 사들고 커피상으로 들어섰다.

자메이카에 가면 블루마운틴 커피를 사 와야 한다니까. 푸른 산에 야생하는 커피열매 알알마다 투명한 새벽의 슬기가 담겨 있을까. 한 미개한 섬의 그리움이 함께 익고 있을까. 나는 열 봉지의 커피를 사고 꾸리는 동안 기념품들을 둘러보았다. 바닐라 열매가 요술병에 담겨 있고 코코넛으로 만든 가방이 잘 다듬어져 걸려 있었다. 호텔로 돌아가는 버스가 나를 재촉했다.

집으로 돌아갈 짐을 꾸리던 나는 블루마운틴 커피가 아닌 비슷한 포장의 싸구려 커피로 바뀌어 들어 있는 봉투를 열어보고는 창 밖에 흐르는 원주민의 슬픈 노래와 함께 빗소리를 들었다.

사월이 되자 크로커스가 상큼하게 꽃피우고 오늘은 기분 좋은 나들이를 하려고 집을 나서는데 손바닥만한 눈송이들이 쏟아져 내려앉는다. 흰 나비떼처럼, 동요처럼 나의 봄꽃들 위에서 금방 목화솜을 틀어내고 있다. 남의 일이라면 깎아내려야 속이 풀리는 가난한 마음을 가진 사람들을 위하여, 남의 잘못을 별 뜻 없이 휘둘러보는 입심을 위로하려고, 한 푼을 깎기보다는 한 줌 더 주는 손길을 축복하기 위하여.

나는 지난 늦가을, 눈 위에 낙엽이 지는 화해를 보았듯이 또다시 겨울이 봄에게 내미는 따스한 손의 청아함을 기뻐한다. 금방 봄볕이 나와서 눈을 녹이고 숨어 있던 크로커스가 기지개를 편다.

이제부터 봄이 온 거리를 천천히 걸으며 나도 화해하리라. 이 세상에서 나를 만난 인연의 모든 것들과 화해하리라. 화해하리라.

제5부 남편이 천사의 말을 한다

스키를 타러 갔다고?

1977년 겨울, 셋째 아이를 출산했고 산부인과 레지던트 과정에 있던 남편은 병원에서 특별휴가를 받았다. 집에 있는 큰아이들도 돌보고 퇴원하면 아내를 보살펴주라는 배려로 받은 휴가였다. 퇴원 수속을 기다리는데 남편은 오지 않고, 같은 병원에서 일하던 후배인 닥터 양이 남편 대신 나를 퇴원시키고 집으로 데려가는 것이었다. 내가 남편이 어디 있느냐니까 우물쭈물거리며 저녁에 나 올 것이라니 다그쳐 물을 수밖에 없었다. 할 수 없이 그 사람이 '선배들과 스키를 타러갔다'고 대답하는 것이었다. 이건 뭔가? '나무꾼과 선녀'에서 자신 있게 배운 행동인가?

음…, 아파트 초인종이 울리고, 나의 두 아이들 돌보던 닥터 양의 아내가 미역국을 해 가지고 왔다. 아이들이 나를 보자 울음보를 터뜨렸다. 아이들이 엄마아빠 없이 두려운 시간을 보낼 때, 아빠라는 사람이 스키를 타고 있다고?

집에 돌아온다던 저녁시간이 지나고 자정이 넘어도 남편은 들어오지 않고 있었다. '들어오기만 해봐라.' 하고 벼르던 내 마음에 '혹시나 눈길에 미끄러져 교통사고라도 난 것 아닌가? 심하게 다친 것은 아닌가' 하는 걱정이 생기기 시작했다. 출산 후 밀려오는 잠 속을 들락거리며 지쳐가고 있을 때, 도둑고양이처럼 아파트 문을 살금살금 열고 그가 들어왔다. 상상할 수 있는 대로 "선배들이 마누라가 그렇게 무섭냐고 으름장을 놓아서 할 수 없이 따라 나섰지만 스키를 타면서도 내내 마음이 불편했다."고 입을 떼는 그 사람이 말을 더듬고 얼굴이 찌그러져 있었다.

설명인즉, 선배들에게 사정사정해서 스키장에서 늦지 않게 나섰는데 한참 오다가 운전하던 선배가 이상하게 휘발유가 없어지고 있다고 했다. 시골의 정유소들은 일찌감치 문을 닫았고 겨우 만난 주유소에 도착했다. 주유소의 남자가 회전등을 들고 들여다보다가 휘발유통에 구멍이 생긴 것을 발견했는데 고칠 도리가 없다는 것이었다. 세 명의 남자가 머리를 싸매고 의논한 결과, 껌을 씹어서 말랑말랑해지면 구멍에 붙여서 휘발유 새는 것을 막는 것밖에 다를 방법이 없다고 결정하고 껌을 씹기 시작했다. 그리고 구멍을 막고 휘발유를 채우고 길을 떠났다. 껌이 떨어지고 휘발유가 줄어드는 것이 보이면 씹고 있던 껌들을 모아 자동차 아래로 기어들어가 붙이기를 밤새도록 했다. 차갑게 언 껌을. 먼 데서 불이 켜진 주유소를 만나면 기뻐하기를 몇 번, 세 남자의 얼굴은 계속 껌을 씹어대느라 삐뚤어졌다는 것이 그의 설명이었다.

물론 그 이후 남편은 껌을 씹지도 않을뿐더러 스키장 옆을 지나지도 않는다. 이 일이 우리 집의 헤게모니를 내가 휘어잡게 된 중요한 사건이었다. 가끔씩 내가 모임에 나갔다가 노래방에 들르게 되고 늦게 귀가할 때가 생기는데, 나를 기다리던 남편이 울화통을 터뜨리기 전에 내가 아주 조용한 목소리로 그에게 말한다. "내 차 휘발유통에 구멍이 생겨서 껌 몇 통 씹었소."라고.

삼월에 내리는 눈

거슬러 오르고 또 내려가는 도보에 쌓이는 눈 위로 수많은 발자국이 찍혀 있다. 나도 발자국을 남기며 앞서간 사람의 발자국 위로 흔적을 뿌리고 걷는다. 이것도 인연인가. 눈발은 점점 굵어지고 나는 잠시 걸음을 멈추었다. 그래. 멈추어선 곳에 놓인 두 개의 발자국은 나란하지만, 떠나면 나 스스로가 만드는 두 개의 발자국이 엇갈리는구나. 그것은 몸의 균형을 유지하며 앞으로 나아가는 몸짓이지만, 마음의 균형을 흐트러지게 하지 말라는 뜻이 있는 것인가 하는 생각이 눈보라처럼 흔들리며 나를 스친다.

내일이면 봄 날씨, 다소곳이 봄날에 기대어선 나의 희망이 가까이 머문다. 삼월의 눈은 잠시, 새날이 밝으면 쌓인 눈도 발자국도 없어지리라. 그래도 오늘은 떠난 사람들과의 대화를 기억하듯, 떠난 사람들의 발자국을 따라 걷는 것이 애처로울 만큼 신선하다.

부부싸움은 영어로 합시다.

남편이 결혼기념일을 또다시 잊어버리고 서재에서 나오지 않았
다. 매우 중요한 논문을 마무리하느라고 며칠을 그렇게 틀어박혀
있는 중이었지만, 나는 말 한 마디도 없는 그 사람에게 싸움을 걸
준비가 완료되어 있었다.

그러나 논문이 끝날 날을 기다릴 수밖에 없는 것이, 지금 시작
하면 오히려 남편의 중대한 일을 도와주지는 못할지언정 망치게
할 작정이냐고 뒤집어쓸 수가 있기 때문이었다.

30년 전, 대학을 졸업하던 해에 결혼해서 그야말로 남편의 옷자
락을 놓칠세라 붙들고 미국으로 따라왔다.

만삭의 몸이었고 영어도 못하는 내가 사탕수수밭으로 나들이
가는 것 같은 생각으로 가득 차 있었는데, 지나가면서 수숫대를
뚝뚝 꺾어 먹으면 이내 달콤한 향기가 우리의 몸에 배일 것 같았
기 때문이었을 것이다. 아니면 꽃이 가득한 언덕으로 걸어가면서
어디에선가 벌레들을 만나고 꿀이 가득한 벌집을 따들고 꿀차를
끓여 나누어 마실 상상을 했을 수도 있다. 나는 남들 말처럼 남편
하나 믿고 아무도 모르는 여기에 짐을 푼 것이었다.

진통이 와서 미국병원에 갔는데 의사의 코는 영화에서 보는 미
국배우의 것보다 훨씬 높고 컸으며, 간호원들은 영화 블루하와이
에 나오는 흑인처럼 생긴 아주머니들이 대부분이었으므로 나는
우선 겁에 질려 있었다. 누군가 'Push!' 하면서 호령을 하였다. 푸
쉬라니? 배는 아픈데 뭘 밀라는 말인가.

간호원들이 고개를 저으며 못 알아듣는 나를 노려보는 것 같아서 나는 "엄마, 엄마." 하며 큰소리로 울기 시작하였다. 그때 22살이었으니 지금 생각하면 철없는 것이 얼마나 무서웠을까.

나중에 안 것이지만 'push'가 서울에서 배운 '민다'는 뜻 외에 '밀어낸다', 즉 아기가 태어나도록 힘을 주어야 했던 것인데 울기만 했으니.

아기의 침대를 사기 위하며 브루클린 상가에 나갔다. 그때 'crib'이라는 단어를 몰라서 "baby bed baby bed." 하며 물어보다가도 알아듣는 사람이 없어서 그냥 힘없이 집으로 돌아왔다.

지금은 영어를 잘못해도 생활하는 데 불편이 없게 한인사회가 풍성하지만, 영어 때문에 이것저것 포기해야 하므로 그 대신 영어를 공부하지 않으면 안 되었던 것 같다. 그리고 30년이 지났는데 남편은 무엇을 생각하고 있는 것일까.

내가 학원에서 기초영어를 가르치게 되었는데, 우선 영어를 배우겠다고 생각한 사람은 시작이 반이고, 나는 그 나머지 반을 채우기 위해 도와주는 역할을 해야 하는 것이라고 생각한다. 그래서 영어 노래를 우선 가르치기로 했다. 2개월 코스가 끝나면 적어도 영어노래 두 개는 정확하게 부르게 되어서 남편이나 친구들과 노래방에 갔을 때 보란 듯이 멋지게 불러서 영어공부를 한 보람이 나도록 말이다.

얼마나 재미있는 생각인가. 물론 학원에서 준 교재도 충실히 공부하도록 하겠지만 공부하는 데도 신나는 일이 있으면 금상첨화가 아닌가. 그리고 노래의 가사를 얼마나 정확하게 외우고 발음할 수 있느냐에 따라서 평정을 해야지.

　만족할 만한 논문을 완성하고서 서재에서 나온 남편이 기분 좋은 목소리로 좀 쉬어야겠다고 하였다. 당신 마음대로? 쉬지 못하게 하려는 내 마음이 너무나 완고했으니까, 이제 이 억울한 마음을 기를 풀듯 풀어내야 한다. 남편을 길에서 잃어버릴까 봐 꼭 잡고 다니던 스물두 살의 꽃다운 시절에서부터 지녀 온 한을 오늘은 꼭 풀고야 말겠다. 벌집을 따기는커녕 따라갔다가 몇 십 번 벌에 쏘이기만 한 애처로운 30년의 한을 말이다. 그러다 보면 분명히 귀한 도자기 두어 개가 깨어질 것이고 너무 흥분한 나머지 졸도라도 하게 될지 몰라. 잊고 지냈던 과거지사까지 전부 들추어내고 할 말 못할 말 다 쏟아버리고 나서 나는 시원할까. 아니면 깨진 도자기가 아까워서 한이 더 맺힐까. 흩어놓은 단어들을 되씹으며 더 억울하고 어이없을까.

　누가 이기든 지든 분명히 서로 손해 보는 짓이기는 하다. 그렇다고 이야기 안하고 지나가는 일은 결혼생활을 포기해 버리는 비겁한 일이므로 짚고 넘어갈 것은 짚고 넘어가야 한다. 그렇다면 영어로 말다툼을 시작하는 것이다.

　끝까지 답답하고 할 말이 제대로 안 되니까 중간에 우리말로 해서는 안 된다. 그러면 아마도 귀한 도자기가 깨지는 일은 면할 수 있을지도 모른다. 나는 문을 열고 남편을 향해 소리친다. 비장한 결심을 하고. "I want to talk to you!"

토요일 아침에 생각나는 일

매주 토요일 아침 7시 반에 집을 나서면, 8시에 구세군교회에 도착했다. 어느 농부가 필요한 야채를 무료로 가져다 놓았고, 이미 몇 명의 사람들이 와서 분주히 박스를 나르고 있었다. 나의 몫은 대부분 양파, 홍당무, 감자 등의 껍질을 깎고 야채를 다듬어 씻는 일이었다.

음식 준비를 하는 사람들의 손놀림은 경쾌한 음악을 연주하는 듯 즐겁고도 힘찼으며, 끓는 물에 삶아 꺼내놓은 스파게티 국수는 졸깃하였으니, 함께 봉사하는 여남은 사람의 표정 또한 싱그럽지 않을 수 없었다.

준비된 음식에, 좋은 제빵집에서 보내 온 누룩냄새, 향기로운 따끈한 빵, 그리고 얼음을 가득 넣은 홍차를 싣고 트럭이 떠나는 시간은 오전 10시 경이다. 첫 번째 도착한 공원에는 줄지어선 막노동자들이 우리를 기다리고 서 있었다. 일회용 접시에 음식을 담고 홍차와 함께 받아서는 여기저기 앉아서 맛있게 식사를 하고, 우리 봉사자들 몇 명은 음식을 싸가지고 독거노인의 집까지 가서 전해 주곤 했다.

그렇게 다섯 군데를 돌고 나면 음식들이 거의 없어지고, 다시 교회로 돌아온 우리 봉사자들은 설거지며 쓰레기 치우는 일들을 나눠하고 서로 환한 웃음으로 다음 토요일에 만날 약속을 하곤 했다.

어느 날, 내가 한국으로 삼사년 동안 나가야 할 일이 생겨서 그만둘 수밖에 없었지만, 누구에게도 귀중한 토요일 아침을 남을 위해 봉사하는 일처럼 기분 좋은 일이 있을까. 불타는 금요일을 즐기고서 늦잠을 자거나 건강을 위해 골프장으로 가고, 캠핑준비를 해서 들떠 떠나는 주말 이른 아침에, 그렇게 빠짐없이 봉사하는 사람들이 많다는 것은 지금 생각해도 뿌듯한 일이다.

너도 나도 토요일 오전을 남을 위해 봉사한다면, 이 세상은 어떻게 변할까. 소박한 음식을 나눌 뿐 아니라, 외로움으로 찌든 사람들에게 웃음을 잠깐 건네 본다면 대가 없이, 소리 없이…

오늘도 조용히 좋은 일을 하는 사람들을 생각하며 다시 토요일 아침의 작은 손짓을 기억해 본다.

아기사슴

단풍나무에 꽃이 핀 오솔길 옆으로 미역취가 내 허리 높이로 자라 있고 여름이 짙으면 노란 꽃이 무더기로 핀다. 그 들풀 숲 여기저기에 멍석을 깔아놓은 듯 뭉개진 곳이 드문드문 있는데, 밤이면 사슴들이 거기에서 잠든다. 숲속에는 무서운 코요테가 산다.

성탄 전야에는 사슴들에게 마른 옥수수를 한 포대 쏟아주며, 아름다운 야생 동물들에게 호감을 얻으려고 노력한 탓으로, 내 침실 창문에서 아주 가까이에 잠자리를 만들어놓은 것이다.

자정 쯤 되어서인가, 남편이 사슴 새끼를 낳는 소리가 들린다는 것이었다. 아무리 산부인과 의사지만, 사슴의 신음소리가 들린다니 꿈을 꾸는 모양이라고 생각했다.

사슴은 매년 같은 장소에서 새끼를 낳는다. 다음날 단풍나무 사이로 뭔가 움직이는 것이 보여 다가가니, 너무나 예쁜 점박이 새끼 사슴이 웅크리고 있고, 어미 사슴은 먹이를 구하러 나가고 없었다. 새끼 사슴을 발견하면 '절대로 만지면 안 된다'는 등 많은 재료를 구해 읽었기 때문에 뒷걸음쳐 조용히 들어왔다.

이틀 후 내려갔을 때 아기 사슴이 죽어 있었고, 먼 곳에 어미 사슴과 한 마리 아기 사슴이 이쪽을 바라보고 있었다. 추측하건대 사슴은 대개 두 마리의 새끼를 낳는다고 하니, 한 아기 사슴이 건강하지 못하게 태어나서 죽은 것이리라.

나는 삽으로 땅을 파기 시작했다. 우리 집은 땅을 파면 수도 없이 많은 돌들이 있다. 내가 팔 수 있는 가장 깊은 곳에 아기 사슴을 묻고 그 위에 파놓은 돌을 쌓았다. "세상에는 기쁜 일보다 슬픈 일들이 훨씬 더 많단다."

꽃이 핀 단풍나무 그늘 아래 아기 사슴이 잠들고, 이제 어미 사슴은 슬퍼도 안심하리라.

그 가을, 덕수궁을 걸으며

　몇 년 전이던가 오랜 만에 찾은 고국의 가을은 풍성하고 다정했다. 덕수궁 정문 앞을 향해 걸어가는데, 먼 데서 이제는 노인이 되신 시인 전승묵 선생님이 나를 기다리고 서 계셨다. 우리는 고궁에서 쏟아지는 낙엽 위를 걸으며 많은 이야기를 나누고, 어두워지는 거리로 나와 저녁을 함께 했다.

　"아버님은 어찌 지내시는가?"

　"오래전에 돌아가셨습니다."

　"그렇군. 내가 너의 중3 담임이었을 때였지. 고등학교 시험 때문에 학부모님과 면담이 있었는데, 너는 어머니 대신 아버지가 오셨었다. 아버지는 입학시험 이야기는 한 마디도 안하시고 이런저런 이야기를 하시다가 '시인이신 선생님께 딸아이를 맡겨서 너무 안심입니다.'라는 말씀을 하시고 교무실을 떠나셨다."

선생님은 내가 중학교 2학년 때 국어선생님으로 부임해 오셨고 어느 날 글을 써내라고 하셨다. 나는 '덜 익은 청포도'라는 글을 제출하고 이내 문예반에 들어가게 된 후 원고지를 메우는 작업을 시작했었다.

내가 뉴욕으로 돌아오고 얼마 안 있어 소포 한 권이 도착했다. 선생님이 보내신 시집과 짧은 편지. 너를 만나 반가웠다. 그리고 세 가지를 느꼈다. 첫째 네 모습이 너무 많이 변해서 세월을 느꼈다는 것, 두 번째 내가 기대했던 만큼 좋은 시인이 되어 있지 못해서 아쉬웠다는 것, 그리고 마지막으로 헤어지면서 내 손에 용돈을 쥐어준 제자는 네가 처음이었고 참으로 따스한 마음을 전해 받았다는 것. 더 좋은 시를 쓰기 바란다.

슬픔은 그렇게 지난 생각을 하면서도 내 앞에 나타난다. 슬픔의 가장자리에는 아지랑이가 핀다. 젖은 채로 침묵하며 나를 흔든다. 그러나 처음으로 나에게 시의 정겨움을 일러주시고 때때로 꾸짖으시던 선생님과의 만남과 그 정겨움은, 내 마음을 가다듬는 묘약이며 진술함으로 문학을 대하게 하는 채찍이기도 하다. 오래된 책 갈피에서 찾아낸 마른 꽃잎처럼, 단풍잎이나 네잎 클로버처럼. 그래서 슬픔을 견디어낼 수 있는 것이다.

선생님은 은퇴하신 후에 경기도에 천 평의 땅을 사서 갖가지 나무를 심으셨다. 폭우에 씻겨 내려간 흙을 돋우고 좋은 퇴비를 손수 만들어주면서 싱싱한 나무를 키우셨다. 눈이 많이 내려서 꺾어진 나뭇가지들을 싸매주시며 보기 좋은 정원을 만드셨다며, 마지막 말씀을 하셨다. "그런데 나는 나무를 팔 줄을 몰라!"

선생님! 그래서 진정한 시인이 아니신가요? 나무를 키우시듯 좋은 시를 쓰시며 세상의 눈초리에는 상관하지 않는 모습을 저에게 보여주시는 것이 너무 자랑스럽고 감사합니다. 그러나 나는 말로 표현할 수 없는 뭉클한 느낌으로 이 말씀을 못내 전해 드리지 못하였다.

나는 그때부터 시작한 글쓰기를 그만두지 못하고 원고지를 소중히 여기게 된 것이 고맙다.

스승이 어찌 지식만을 가르치는가. 시집을 펴고 선생님의 시를 읽으며, 남들이 느낄 수 없는 나만의 벅찬 기쁨과 슬픔이 한꺼번에 몰려오던 겨울, 못내 좋은 시인이 되지 못한 것을 가슴 아파한다.

쓸데없는 것으로 조각조각 기워진 허수아비의 옷을 벗어버리고 싶다. 그리고 내일은 좋은 시를 생각해 봐야겠다.

천사의 노랫소리

햇살 가득한 아침이다.

플러싱 번화가는 이미 차이나타운으로 바뀌었고, 지하철 7번의 종점이라 멀리 사는 사람들이 수도 없이 버스에서 내려 지하철을 타러 내려간다.

나도 이리저리 밀리면서 에스컬레이터를 타고 내려가 지하철로 올라타자 문이 닫혔다. 빈 좌석은 없었다. 세 아이를 데리고 젊은 부부가 서 있었는데, 그들은 여행객이라 지하철 지도와 뉴욕 시내 안내책자를 열심히 들여다보며 이야기를 하고, 아이들은 넘어질세라 아빠 엄마의 다리를 단단히 붙들고 흔들리는 대로 흔들렸다.

청년이 자리에서 일어나 작은 아이를 불러 앉히자, 옆에 앉았던 다른 사람도 일어나 자리를 내주었다. 세 아이가 무릎을 꿇고 올라앉아 창밖을 내다보기 시작했고, 지나가는 거대한 건물들이 신기한 듯 표정이 즐겁고 놀라워 보였다. 어느 조용한 마을에서 풀꽃 가득한 들길을 뛰놀던 아이들일까. 귀엽다. 마치 그 모습이 우중충한 뉴욕의 지하철에 화사한 꽃들이 피어난 듯 향기로웠다.

젊은 사람들이여. 지금 아이들과 손잡고 저렇게 낯선 곳을 여행하는 기쁨을 감사하기 바란다. 이런 즐거움은 쉽게 가버리고 말더이다. 시간을 많이 내어서 아이들이 훌쩍 커버리기 전에 함께 많은 보내며 웃음 가득가득한 순간들을 쌓아가기 바란다.

몇 십 년 전의 일이다. 나도 뉴욕에서는 어딜 가든 전철을 타야 했다. 그날은 큰아이의 소아과 정기검진이 있는 날이었는데, 큰아이는 걸리고, 둘째는 유모차에 싣고, 나는 또 만삭이었다. 전철이 도착하고 차례대로 올라타는데, 유모차를 먼저 올리고 큰아이를 태우기 전에 덜컥 전철 문이 순식간에 닫혔다. 안에서 사람들이 문을 열려고 했지만, 이내 전철이 떠나고 밖에 남겨진 큰아이가 새파랗게 질려 울음을 터뜨리는 것이 보였다. 어느 흑인여자가 아이의 손을 잡는 광경을 뒤로 하며 굴 속 같이 검은 길로 재빨리 전철이 빨려들어 가고 있었다. 다음 역까지 왜 그렇게 길게만 느껴지는지 문이 열리고 내가 유모차를 끌어내리자, 이 광경을 지켜보던 흑인청년 한 사람이 따라내려 유모차를 번쩍 들어 층계를 뛰어오르고 나도 만삭의 몸으로 그를 따라 되돌아가는 쪽의 전철을 탔다.

전철에서 내리니 아이를 놓친 그 자리에 큰아이와 흑인여인이 부동자세로 나를 기다리고 있었다. 또다시 층계를 뛰어오르고 뛰어 내려가서 큰아이를 끌어안고 벅차오르는 울음을 토해내며 주저앉아 버렸다.

　세상에는 그날 나를 도와준 두 사람 같은 천사들이 많이 있다. 나는 여러 번 어려운 일이 있을 때마다 그러한 천사들의 도움을 받으며 살아오고 있다. 천사들. 분명 그들의 하얀 날갯짓의 온유함도 느끼면서….

밤마다 닭들이 죽어가요

밤에 우거진 숲을 바라보는 느낌은 그날의 날씨에 따라 사뭇 다르다. 별이 쏟아지고 수만 마리의 반딧불이 노니는 맑은 밤의 숲은 로맨틱한 영화의 한 장면 같지만, 비바람 치거나 두터운 구름으로 불빛 하나 없는 밤은 상상하기에 따라 귀신놀음이라도 시작될 듯 스산하다.

나는 일찍 자고 새벽이면 일어난다. 남편이 가장 부러워하는 것이 자고 싶으면 자고, 일어나고 싶으면 반짝 잠에서 깨어나는 나의 잠버릇이다. 동트기 전에 눈이 떠지면 부엌으로 내려가 커피를 끓이고, 나보다 먼저 일어나서 나를 기다리는 닭장으로 모이통을 들고 내려간다.

닭장 문을 여니 홰에서 뛰어내려오는 닭들 가운데 세 마리가 죽어 떨어져 있는데, 모가지가 잘려 나갔다. 내가 겁을 먹어 줄행랑을 쳐서 자고 있는 남편을 깨우니, "어젯밤에 닭들이 이상한 소리를 내더라고. 못 들었지?" 하며 올려다보았다. 아침나절에 이웃 농부를 불러 닭장을 조사했지만, 닭들을 해칠 동물이 들어올 방법이 전혀 없다는 것이었다. "여우나 코요테라도 와야 모가지를 물어뜯었을 것이라는 것이니, 귀신이 돌아다니는 것 아냐?" 하며 남편이 슬그머니 농을 하며 겁을 주는 것이었다.

며칠 후에 똑같은 일이 일어났다. 남편은 다음에 닭들이 우는 소리를 내면 귀신 잡으러 내려가겠다고 벼르고 있었다. 깊은 잠이 들었는데, 남편이 나를 흔들어 깨우며 "왔어! 내려가자!" 하며 준비한 몽둥이와 커다란 손전등 두 개로 길을 밝혀 찾으며 닭장을 향해 내려갔다. 이때처럼 남편이 든든하게 여겨진 적도 처음이고, 달빛도 없고 으스스한 바람소리와 짐승 우짖는 소리를 가로 질러서 닭똥냄새 때문에 아주 멀리에 닭장을 지어놓은 것이 무척 후회가 되었다.

몇 번 돌에 넘어지며 도착해 문을 열고 손전등을 돌려 샅샅이 들여다보는데, 남편이 소리쳤다. 저 녀석이다. 거기에 닭의 두 배 크기의 올빼미가 홰에 앉아 있고 닭은 처참하게 죽어 있었다. 너무 높아 몽둥이로 때려잡을 수도 없으니, 우리는 돌멩이로 올빼미를 향해 던지기로 결정했다. 올빼미 눈에 전등을 비추니 꼼짝 못하고 앉아 있는 놈을 향해 돌팔매질을 하려는데, 나의 귀여운 닭들을 지금까지 여덟 마리가 없앤 너를 오늘 꼭 잡겠다는 오기에 찬물을 끼얹는 남편의 한 마디!

"살려 보내지!"

전등 빛을 올빼미 눈에서 내리자, 야행성인 녀석이 천정 위로 날개 치며 올라가서 들어왔던 구멍을 찾아 내빼고 말았다.

집으로 기분 좋게 들어온 남편은 어디에서 읽었는지, 많은 종류의 올빼미가 멸종위기에 있다는 설명으로 시작했다. 게다가 그 녀석과 눈이 마주쳤을 때 그렇게 잘 생긴 모습에 반해서 순간 보내줘야 한다는 생각이 확실하게 들었으며… 남편은 올빼미의 날개는 특수해서 소리를 내지 않고 먹이 가까이까지 날아가 습격하기 알맞게 되어 있으며… 계속 이야기를 하고 있었지만, 나는 어느새 깊은 잠에 다시 빠져 들었다.

다음날 이웃농부가 사다리를 들고 와서 쇳줄을 돌려가며 구멍을 튼튼하게 막아주었다. 지금쯤 그 올빼미가 새끼를 여럿 부화시켜 잘 키우고 있으리라 믿는다.

허수아비야! 술값도 깎니?

오랫동안 화랑을 경영하면서 여러 가지 느낀 점들이 있다. 내가 화랑을 한 것은 열심히 작품 활동을 하는 작가들이 작품을 내보이는 장소를 제공하기 위해서이며, 그보다도 사람들이 예술품을 감상해야만 건강한 삶을 사는 데 도움이 되기 때문이다. 예술품을 제대로 이해하고 감상할 수 있는 안목을 갖기까지는 많은 시간을 투자해야 한다. 교과서를 처음부터 끝까지 밤새워 읽었다고 되는 일이 아니다.

때로는 남편 병원의 한쪽에 공간을 마련했고, 또는 화가들의 화실로 쓰이던 허술한 건물을 개조해서 작품들을 전시했다. 사진, 공예, 조각, 회화. 나는 오프닝이 있는 날은 정성어린 음식과 푸짐한 와인을 준비해 놓고 화랑을 찾는 사람들을 반겼다. 많은 사람들이 삼삼오오 함께 들어오거나 혼자 오기도 하는데, 들어오는 사람들의 행동을 주위 깊게 살폈다.

첫째 부류는 음식과 와인이 놓여 있는 곳으로 먼저 간다.

둘째 부류는 오랜 만에 만난 사람들과 반가움을 연출하며 이야기를 나누느라 바쁘다.

위의 두 부류의 사람들은 때때로 작품을 쳐다보지도 않았다.

세 번째 부류는 첫 시선부터 작품에 머문다. 아주 천천히 작품 안으로 빨려 들어가는 표정을 보고 있자면, 나의 마음은 '보드레 하다'라는 단어에 알맞게 되곤 했다.

작품을 사기로 한 사람들은 꼭 흥정을 해 온다. 작품은 사고 싶은데 가격이 형편에 맞지 않아서라면 그럴 수도 있겠지만, 무조건 싸게 사려고 하는 사람들을 만나면 때때로 예술 전체에 흠집을 내려는 듯한 느낌을 받곤 한다.

제 가격을 주고 그림을 구입한 사람은 화랑을 경영하는 동안 단 한 번이었다. 뉴욕에서 공인회계사로 유명한 신석호 님 부부가 조성모 화백의 작품을 살 때였다.

이제 나이가 들어서 그동안 만난 수많은 사람들을 기억해내며, 지우개로 지우는 일을 시작했다. 나로서는 한사람 한사람을 정리 해서 지우는데, 이상하게도 화랑에 들어와서 하던 사람들의 행동 이 영화장면처럼 상기되는 것이다.

나는 맥도날드 창문에서 가을을 알리는 피에로 허수아비에게 정중하게 다가가 물었다.

"허수아비님, 술집에서 계산하실 때 청구서를 들고 요금을 깎아 달라고 앙탈을 부리나요?"

다음 달이면 아궁이 속으로 던져져 한 줌 재가 되고야 말 수많은 허수아비들은 아직도 술에 취했는지 대답 없이 웃고 서 있었다. 내가 이야기를 계속했다.

"술값은 깎지 않죠? 게다가 팁까지 듬뿍 얹어 주시지요?"

허수아비들은 웃고 서 있는데, 밀짚모자 위에 앉아 있던 새가 후루룩 날개를 펴고 날아가 파란 가을 하늘에 안겼다. 아마 기특한 새는 내 이야기를 듣고 부끄러워서 더 이상 그대로 앉아 있을 수가 없었을 것이다.

많은 화가들이 물감 값이 비싸서 아껴 쓰고, 대작을 하고 싶은데 재료값이 없다. 그래도 그리고 싶은 마음으로 어쩔 수 없이 홈디포에서 벽 바르는 페인트를 사다가 그림을 그리고 있다는 것을 아는 사람들이 얼마나 되는지. 오래 변하지 않는 유화물감을 쓰지 못하고, 얼마 지나지 않아 제값을 못할 페인트로 그림을 그리는 아픔을 헤아려나 보았는지.

그러나 그 예술가들의 세계는 청아하다.

따스한 별들에게 보내는 편지

내가 쉬지 않고 기도했던 일주일. 남편이 고혈압으로 병원에 실려 갔고, 혈압이 안정되지 않자 중환자실로 옮겨졌다. 나는 병실을 지키고 앉아 있었다. 추위가 시작되고 병원의 높은 굴뚝에서 하얀 연기가 하늘을 향해 구름처럼 올라가고 있었다. 비둘기들은 굴뚝 주위의 따스함을 어떻게 알았는지, 그 높이까지 날아올라 옹기종기 앉아 있었다. 따스함을 찾아서 노숙자들이 지하철 안으로 모이듯 따스함을 찾아 날갯짓을 하고 걸음을 옮기며.

따스한 별들에게

붉은 벽돌 높고 높은 굴뚝 위에
비둘기들이 웅크리고 있다.

기온이 내려가면
더 많이 날아올라 서로서로 가까이 앉는다.

어제의 일기장은 젖어 있어
아마도 완전 연소하지 못하여
매콤한 연기가 그렇게 따스한가.
나도 함께 잠들자
아직도 다 타지 못한
나의 단어들이 어디엔가 숨어 있어

비둘기가 찾아낸 하늘 가까이
평온의 밤이 기운다.
굴뚝 너머로 따스한 별들이 기운다.

옆방에 입원해 있던 사람이 죽었다. 그를 알았던 사람들이 소리 내어 울고 북적이다가 죽은 사람이 어디론가 옮겨지고 청소부가 그 방을 치우고 있었다. 중환자실은 간호원들이 잘 들여다볼 수 있도록 전면이 유리벽으로 되어 있었다. 잠시 후 다른 환자가 그 방에 들어왔다.

유리벽. 이제 또 하나의 유리벽에 남편이 갇혔다. 스피치 테라피스트가 왔다. 발음을 정확히 못하게 된 남편을 보기 위해서 말을 좀 더 또박또박할 수 있게 도와주기 위해서라고 하였다. 남편은 오른손에 힘이 약해져서 글씨를 반듯이 쓰지 못했다. 나는 잠들어 있는 그 옆에 앉아 노트북에 굴뚝을, 그리고 그 위에 앉아 놀고 있는 비둘기들을 그렸다.

시간은 초조하게 지나가고 테니스를 잘 치던 그의 의과대학 시절의 웃음소리가 들려오는 듯하였다. 월남에서 돌아와서 나를 찾아왔을 때 군의관답지 않게 구겨진 군복을 입고 있었다. 그는 "졸병들이 군복을 다려주는데, 부탁하기가 어려워서." 하며 멋쩍게 웃었었지.

중환자실 청소부

3층을 누르고 잠시
엘리베이터 문이 닫힌다.
갑자기 다시 열려 두 여자가 뛰어들고
흐느끼는 동안 문이
천천히
아주 천천히 닫힌다.

천천히 엘리베이터가 서는 느낌으로
나는 약간 어지럽다.
그녀들이 뛰어나가고
천천히 걸어서 입원실로 간다.

342호에는 여남은 명이 울고 있다.
그 여자들이 비집고 들어가고
나는 천천히 땅을 보며 지나

343호로 들어선다.

산소호흡기를 코에 꽂고
링거를 맞으며 한 사람이 잠들어 있다.
시든 꽃을 버리고 새 꽃으로 바꾸며
나는 혼잣말 한다.
—꽃은 어디에고 다 잘 어울려

유리병을 통해 342호를 건네 본다.
어느새 다 떠나고 빈방으로
청소부가 들어간다.
천천히 아주 천천히
표정 없이 몸을 구부리고
누군가 떨구고 간
굵은 검정테 안경을 집어 든다.
천천히 아주 천천히

죽은 남자의 안경이었을까.
죽기 전에 안경을 쓰고 무엇을 했을까.

　그해 추수감사절 아침, 담당의사가 퇴원을 허락했다. 휠체어에
실려 자동차까지, 그리고 아주 천천히 몸을 움직여 집에 돌아왔
다. 남편은 정물화처럼 앉아 있다가 슬로우 모션 화면처럼 천천히
침대에 누웠다. 모든 것은 천천히 흘러갔다.

오늘은 추수감사절이다. 모든 사람들이 중풍으로부터의 완쾌를 부정적인 것으로 생각하였지만, 이제 그는 완쾌되었다.

사람들은 기적이라고 말한다. 그러나 나와 남편은 기도해준 모든 사람들에게 고개를 숙이고 감사할 뿐이다.

작별을 생각하는 시간

　내가 시를 써야겠다는 생각을 하는 날은 많이 힘들 때이다. 나는 시를 생각하는 순간부터 두려움과 함께 심한 두통이 엄습한다. 통증약을 먹어도 감당하지 못하게 되어서야 시쓰기를 포기한다.

　아니, 나는 대학 때, 시를 꺼내기 위해서는 아주 깊은 우물 속 같은 험하고 외로운 곳으로 내려가야 한다는 체험을 했다. 시(詩)는 꽃이나 바람이나 쉽게 바라다 보이는 풍경에서 찾아지는 것이 아니었다. 나는 시로부터 도망쳤다.

　언젠가 그 험난하고도 두려운 길에 대해 이야기할 수 있기 바란다.

　그런데 오늘은 시를 끝내야 한다. 작별을 생각하기 때문에 어쩔 수 없다. 시를 못 쓰면 진실될 수 없는 흉내라도 내야 한다.

　작별을 생각하는데, 옛날 빗장 대문이 굳게 닫히고 있는 것이 보인다. 거기에 둥그런 두 개의 문고리가 달려 있다. 대문은 열리지 않을 것이다. 문고리를 잡고 흔들어도 열리지 않을 것이다. 작별이란 돌아서 손을 잡고 '이제 우리는 다시 못 보는 것이고, 약속할 아무 것도 남아 있지 않아요.' 하고 인사하는 예식일까. 그리고 빗장 대문이 굳게 닫혀 다시는 열리지 않는 것일까. 아니면 없어지는 것을 확인하는 것일까.

하지만 작별은 잊기 위한 것은 아니다. 잊히지 않는 순간들을 하나하나 사진첩에 끼워 넣듯 가슴속 가장 따스한 곳에 정리해 넣는 작업의 시작이다. 그러리라 믿는다.

중절모中折帽를 쓴 노신사의 기다림에 대하여

하늘빛 깃털 달린 중절모를 쓴 노신사가
시내버스에서 내린다.
빗방울이 떨어져 깃털이 떨곤 한다.
날지 못하는 새 한 마리 어디에 있다.

우산이 부딪치며 엇갈리는 동안
건널목 앞에 선다.
'서시오'의 길 건너에 지나가는
한 떼의 소년들을 바라본다.
어스름 속으로 뛰어가는

가로등 붉은 빛 밖으로

떨어진 깃털이

빗물에 잠긴다.

젖은 외투의 어깨 위로

새들이 날아와 앉는다. 우짖으며

'건너시오'로 바뀌지 않는다.

기다려도 '서시오'에 멈춰 있다.

정지된 시간 속에서 무너지고 있는

노신사의 시선視線 밖으로 시내버스가 지나간다.

남편이 천사의 말을 한다

남편이 천사의 말을 한다.
나한테 시집와서 고생만 많이 하고
나한테 시집와서 고생만 많이 하고.

조용한 음악 같기도 하고
숲을 내달리는 바람소리 같기도 하다.

　들이닥친 무서운 눈보라를 뚫고 응급실에 들어와 또다시 입원해서 지금까지 남편은 네 번의 수술을 받았다. 두 팔과 손에는 더 이상 주사바늘을 꽂을 틈이 없이 멍투성이가 되어, 목에 세 갈래의 호스를 시술하고 그곳으로 수혈하고 주사약이 들어가도록 했다.
　마취에서 간간히 깨어날 때마다 그가 나를 바라보며 말한다.

나한테 시집와서 고생만 많이 하고.

병실의 창문 밖으로 보이는 것은 옆 병동 건물의 차가운 시멘트 옥상뿐이다.

메마른 시선
시간의 앙금이 가라앉고,
시간을 거슬러 내려가는 첫걸음을 떼는 순간
사랑은 고이고 미움이 매듭 푸는 이상한 경험을 한다.

퇴원 후 집으로 돌아가지 못하고, 대학병원이 가까운 곳의 작은 아파트로 왔다.

12년 전에 우리는 뉴욕 시내에서 한 시간 반 거리의 한적한 곳에 새로 집을 지었다. 집만 덩그러니 놓인 삭막한 평지에 그동안 천여 그루의 나무와 꽃들을 심어놓아 계절 따라 꽃이 피고, 대나무는 숲을 이루었으며, 각종 과일들이 다투어 열리고 탐스럽게 익는다. 들꽃이 끝없이 피고지고, 지금쯤 밭에는 머위부터 부추며 봄나물들이 나를 기다리고 있을 것이다. 나를 기다리는 것들은 연못의 금붕어들과 내가 모이 주던 산새들, 여우 사슴 부엉이, 산의 바람, 봄이 되어 나와 나를 찾아 두리번거릴 다람쥐와 개구리와 거북이, 작년 가을에 심은 마늘까지 12년간 사귄 모든 것들과 헤어지게 된다.

다음 주에 부동산에서 'Sale'판을 내건다고 한다.

남편이 퇴원하였으니 무엇이 아까우랴마는 이 아파트는 11층이고 사방이 확 틔었으니 와 보는 사람마다 감탄을 한다. 특히 밤이면 뉴욕의 불빛들이 끝없이 펼쳐져 있다고 부러워하기까지 한다.

그러나 나는 우리 집 뒷산의 수만 마리 반딧불의 반짝임이 눈물겹도록 그립고, 도시의 불빛은 하나도 마음에 닿지 않는다. 이제 나는 많은 것으로부터 자유로워질 것이다. 나의 가슴 어디쯤에 숨겨놓았던 계획들이 욕심을 넣어둔 비밀서랍이며 자물쇠로 잠가두었던 갓이라고 생각하고 그것으로부터도 자유로워질 것이다.

남편을 만난 것은 내가 고등학교 2학년, 그 사람이 의과대학 본과 1학년 때였다. 그는 몸에 비해 좀 커다란 회색 코트에 중절모를 쓰고 있었는데, 전날 아버지의 장례를 끝내고 학교에 휴학 원서를 내고 나오는 길이었다. 아버지가 입으시던 코트와 중절모로 보아 아버지의 체구가 더 컸던 것이다. 우리는 내가 대학을 졸업하던 해 1972년에 결혼했다.

그 사람은 어려서 할머니를 따라 교회를 다녔는데, 목사가 되겠다고 결심했었다. 그러나 절대로 안 된다, 좋은 일을 하려면 의사가 되어도 얼마든지 할 수 있다는 부모님의 말씀으로 포기를 했다. 붓만 들면 그림을 잘 그려 주위를 놀라게 하다가 또다시 화가가 되겠다고 부모님께 강하게 결심을 이야기했다. 화가가 되는 일도 좌절되었다.

미국에 와서 산부인과 수련의를 끝내고 미국 산부인과 자격시험으로 전문의가 된 후에 그는 곧바로 뉴욕신학대학에 입학했다. 그리고 목회학 박사학위를 딸 때까지 학업에만 열중했다. 또한 화가의 꿈을 이루려고 뉴욕의 스쿨오브비쥬얼아트 미술대학의 학부를 어린 학생들과 나란히 졸업했고, 그 후에 한의대, 끝없이 학교를 다녔다. 그는 자신의 하고 싶은 공부를 하는 동안, 나는 네 아이를 공부시키고 대학 입학 인터뷰를 데리고 다녔는데, 결국 네 아이의 대학 졸업식에 아버지는 한 번도 참석한 적이 없었다.

뿐만 아니라 그는 가족의 생일을 한 번도 기억한 적이 없다. 책에 파묻혀서 가끔씩 이렇게 좋은 학식을 모르고 살 뻔했다는 말을 나에게 툭 던지곤 했다.

나는 잊지 않고 그의 생일에 손님들을 초대해서 즐겁게 보내도록 해주었다. 그의 하얀 가운을 풀 먹여 다려놓는 일에도 게으르지 않았다. 우리 어머니가 집안에서 하셨던 대로 해야 하는 일을 미루거나 불평하지 않았다. 사람들은 나에게 그렇게 좋은 남편이 있으니 가장 팔자 좋은 사람이라고 했지만 나는 그저 웃어 보이기만 했다.

사랑은 흐르고 미움은 고인다는 시를 쓰며, 요리학원에서 배운 빵을 구우며 벽난로에 장작과 솔방울을 태우며 살았는데, 나는 그것을 행복이라고도 불행이라고도 생각하지 않았다. 알차게 살기 위해서 계획하고 일기를 쓰며 이른 아침의 신선함으로 하루하루를 시작했다.

그는 시간을 쪼개어 테니스와 골프를 쳤다. 동료 의사들과 골프를 나갔는데, 산모가 출산하게 되어 병원에서 오라고 하니, 다른 사람들에게 너무 폐를 끼쳐 미안해서 다시는 사람들과 약속을 하지 않았다. 나는 할 수 없이 그의 파트너가 되었고 열심히 따라다녔다.

남편은 지금도 나의 이름을 부른다. 다른 명칭이 없다. 고등학생 때 나를 부르듯 아직까지도 내 이름을 부른다.

열심히 운동도 하고 음식에도 많은 신경을 썼건만 왜 그랬을까. 그가 건강이 나빠지고 악화되었다. 병원에서는 일을 그만두어야 한다고 했지만, 그는 일하다가 죽는 것이 바람직하다고 억지를 썼다. 내가 하던 화랑 문을 닫고 그를 보살피기 시작했다.

벌써 몇 해인가. 하루 스물네 시간 그를 돌보는 것이. 모임에도 나가지 않는다. 모른 척하고 나돌아 다닐 수 있지만, 내가 없으면 불안해하고 슬퍼지는 것을 이해하기 때문에 그의 그림자처럼 그의 주위를 지키고 있다. 나는 매일 그의 휠체어를 밀고 가까운 공원을 산책하며, 아이스크림도 사서 손에 쥐어준다. 내가 어떻게 행동하면 좋겠냐고 우리 부모님께 여쭤보면, 지금 내가 남편을 돌보는 하나하나가 옳은 것이라고 내 등을 두들겨주실 것을 알기 때문이다.

이제 그는 천사의 말을 하기 시작했다. 통증이 심하거나 내가 안쓰러워 보이거나 혹은 쓸쓸할 때면 그가 말한다. "나한테 시집 와서 고생만 많이 하고."라고.

방에 불을 끄기 위해 일어나 잠든 그의 얼굴을 바라보았다. 왜 결혼식에서는 기쁠 때나 슬플 때나 건강한 때나 아플 때나 항상 돌보라고 할까. 왜 검은 머리 하얗게 될 때까지 서로를 바라보라고 할까. 그의 머리카락은 아직도 귀밑머리만 허옇게 되었을 뿐 까마니까 더 바라보고 보살펴야 하는구나.

당신이 여위어 가는군요.

오늘 하루를 힘 있게 움켜쥐면 하늘빛 수액이 흐를까요.

그것이 눈물일까요.

아직도 하고 싶은 공부가 더 있나요.

일어나 또다시 헌책방에 함께 가서 읽고 싶은 옛 서적을 찾아봐요.

당신이 여위어 가는군요.

갓등 하나 켜놓고 불을 끄고 나와 서재에 앉아 이 글을 마친다. 중학교 성경시간에 고린도전서를 외우지 못하면 시험 성적을 잘 받을 수 없었는데, 나를 지치지 않고 견디게 한 것이 고린도전서 13장이었구나 하는 생각을 하며, 몇 십 년이 지난 오늘에야 그 뜻을 마음속으로 받아들이게 되었다. 나는 미움의 매듭이 풀리는 이상한 경험을 한다. 그리고 지나온 우리의 삶이 행복한 것이었다고 나를 다독거린다.

사랑은 오래 참고, 사랑은 온유하며 시기하지 아니하며, 사랑은 자랑하지 아니하며, 교만하지 아니하며, 무례히 행하지 아니하며, 자기의 유익을 구하지 아니하며, 성내지 아니하며, 악한 것을 생각하지 아니하며, 불의를 기뻐하지 아니하며, 진리와 함께 기뻐하고, 모든 것을 참으며, 모든 것을 믿으며, 모든 것을 바라며, 모든 것을 견디느니라. 그런즉 믿음, 소망, 사랑. 이 세 가지는 항상 있을 것인데 그 중에 제일은 사랑이라.

지은이 허금행

경기도 김포 출생
이화여고, 이화여대 국문과 졸업
'수필문학'과 '시문학'으로 등단
현재 뉴욕 거주
www.facebook.com/keumhaeng.heo

남편이 천사의 말을 한다
(My Husband Speaks the Language of Angels)

©허금행, 2018

1판 1쇄 인쇄__2018년 12월 15일
1판 1쇄 발행__2018년 12월 25일

지은이__허금행
펴낸이__양정섭

펴낸곳__도서출판 경진
      등록__제2010-000004호
      이메일__mykyungjin@daum.net
      블로그(홈페이지)__mykyungjin.tistory.com
      사업장주소__서울특별시 금천구 시흥대로 57길(시흥동) 영광빌딩 203호
      전화__070-7550-7776 팩스__02-806-7282

값 15,000원
ISBN 978-89-5996-590-8 03810